VICTOR GUNN

# Inspektor Cromwell
# ärgert sich

THE BLACK CAP MURDER

Kriminalroman

WILHELM GOLDMANN VERLAG
MÜNCHEN

Die Hauptpersonen des Romans sind:

| | |
|---|---|
| Bill Cromwell | Chefinspektor von Scotland Yard, auch ›Ironsides‹ genannt |
| Sergeant Johnny Lister | sein Assistent |
| Lord Cloverne | Richter i. R. |
| Heather Blair | seine Enkelin |
| Alan Crossley | ihr Verlobter |
| Charles Broome | Butler |
| Edith Broome | seine Frau |
| Bert Walters | ihr Neffe |
| Horace Twyford | Rechtsanwalt |
| Claude Moran | Zuchthäusler |

Der Roman spielt in London.

Made in Germany · III · 36145
Ins Deutsche übertragen von Tony Westermayr. Alle Rechte, auch die der fotomechanischen Wiedergabe, vorbehalten. Jeder Nachdruck bedarf der Genehmigung des Verlages. Umschlag: Szenenbild aus dem Edgar-Wallace-Film ›Der grüne Bogenschütze‹, Foto: Rialto/Constantin. Satz und Druck: Presse-Druck Augsburg. KRIMI 2036 · Bru/Hu
ISBN 3-442-02036-0

# I

Ein altmodischer Landauer, von zwei Schimmeln gezogen, rollte über den Blount Square. Die wenigen Passanten blieben trotz des beißenden Windes stehen und lächelten amüsiert.

Das altertümliche Vehikel war den Bewohnern von Blount Square durchaus vertraut. Lord Cloverne unternahm mit ihm seine tägliche Ausfahrt in den Park.

Das Wetter war schön, trotz des kalten Nordwinds, und die Sonne zeigte sich nur von einem leichten Dunstschleier verhüllt. Gute Vorboten für den kommenden Abend, an dem die Londoner Kinder zahllose Feuerwerkskörper in die Luft jagen wollten. Man schrieb den 5. November – den Guy-Fawkes-Tag, zur Erinnerung an die ›Pulververschwörung‹ im Jahre 1605.

Lord Cloverne, in einen dicken Mantel gehüllt, eine Decke über den Knien, saß hochaufgerichtet im Fond. Sein von tiefen Falten zerfurchtes Gesicht wirkte beinahe furchterregend, und die Mütze auf seinem weißen Haar schien aus dem vergangenen Jahrhundert zu stammen. Der Kutscher, ein großer älterer Mann mit glattrasiertem Gesicht und geröteter Haut, saß mit würdevoller Gelassenheit auf dem Kutschbock, ohne von den vorbeifahrenden Autos Notiz zu nehmen.

Die Pferde trotteten gemächlich dahin. In dieser stillen Westendgegend herrschte trotz der Nähe der vielbefahrenen Bayswater Road nur wenig Verkehr.

Aber wie aus heiterem Himmel veränderte sich die friedliche Szenerie.

Ein schmutziger alter Ford überholte den trägen Landauer, zwischen den Beinen der Pferde gab es eine ohrenbetäubende Explosion – zweifellos die Entladung eines gedankenlos hingeworfenen Feuerwerkskörpers vom Typ Kanonenschlag. Die entsetzten Pferde stiegen hoch, während der Kutscher hilflos an den Zügeln zerrte. Der Landauer geriet ins Schwanken, schien einen Augenblick lang umzukippen und raste dann in wilder Fahrt davon.

Lord Cloverne, wie eine Puppe hin und her geworfen, suchte verzweifelt nach festem Halt.

Die wenigen Passanten blieben mit offenem Mund stehen. Der Kutscher hatte die Kontrolle über das Gespann gänzlich verloren, und schon schien sich das unglückliche Ende abzuzeichnen. Am Ende des Platzes führte die Straße in einer scharfen Biegung nach rechts, und der Landauer mußte in dieser Kurve den Gesetzen der Schwerkraft folgen und seine Insassen unter sich begraben. Der Kutscher schrie erschrocken auf.

Sein Hilferuf verhallte nicht ungehört. Ein junger Mann in einem Sportmantel mit Pelzkragen beobachtete das kleine Drama vom Bürgersteig aus. Als der Landauer herankam, lief er auf die Straße, ergriff das Halfter des Außenpferdes und stemmte sich mit grimmiger Entschlossenheit gegen die kopflose Flucht.

Angesichts des nicht unbeträchtlichen Risikos erforderte solches Eingreifen einigen Mut, und ein paar Augenblicke lang hatte es auch den Anschein, als seien alle Bemühungen fruchtlos, als werde das Unglück noch ein drittes Opfer fordern. Aber der junge Mann ließ nicht locker; und nach einigen Sekunden hatte er die Pferde unter Kontrolle. Zitternd und mit geblähten Nüstern kamen sie endlich zum Stehen.

»Na, nur schön die Zügel festhalten«, meinte der junge Mann gelassen, als er zurücktrat. »Sie sind schon wieder brav.« Er tätschelte dem zunächst stehenden Pferd den Hals. »Nicht wahr, ihr Hübschen?«

»Das ist ja gerade noch mal gutgegangen«, sagte der Kutscher, dem der Schweiß in kleinen Tröpfchen auf der Stirn stand. »Ich hab' schon gedacht, Sie kommen unter die Hufe.« Er drehte sich um und erkundigte sich besorgt: »Alles in Ordnung, Mylord?«

»Sie können jedenfalls nichts dafür, Broome«, sagte dieser mit schnarrender Stimme. »Das haben Sie gut gemacht, junger Mann.« Er sah den Unbekannten durchdringend an. »Sie haben allerhand riskiert. Wieviel schulde ich Ihnen für den Dienst?«

Dem jungen Mann stieg das Blut ins Gesicht. »Ich mache so etwas nicht gegen Bezahlung, Sir«, versetzte er kurz angebunden. Seinem Gesicht war die Verärgerung deutlich anzumerken, als er sich umdrehte, um wegzugehen.

»Einen Augenblick«, rief Lord Cloverne. »Sie haben mir einen großen Dienst geleistet, ja vielleicht sogar mein Leben gerettet. Ich bestehe darauf, das entsprechend abzugelten.«

Der junge Mann zögerte einen Augenblick, sah Lord Cloverne starr ins Gesicht und marschierte davon.

Ein Polizeibeamter, der gerade dazugekommen war und dabei das kurze Gespräch mit angehört hatte, gab dem jungen Mann im stillen recht.

»Das war aber recht knapp, Mylord«, meinte er. »Warum sind denn die Pferde durchgegangen?«

»Worauf das auch zurückzuführen sein mag, ich habe mich bei einem unhöflichen Unbekannten zu bedanken, daß er sie zum Stehen gebracht hat«, raunzte Lord Cloverne. »Sie haben ja selbst gesehen, wie er auf mein Angebot reagiert hat. Wieder einmal typisch für die Londoner Polizei, daß sie erst dann erscheint, wenn man sie nicht mehr braucht.«

»Das war ein Kanonenschlag«, sagte der Kutscher aufgebracht. »Irgendein Hanswurst hat ihn zwischen meine Pferde geworfen.«

»Ah ja, natürlich, heute ist ja Guy-Fawkes-Tag«, meinte der Polizeibeamte. »So etwas kommt eben immer wieder mal vor, Mylord. Manche Leute halten das für witzig. Am Blount Square sind diese Faxen freilich nicht üblich.«

»Dem Mann, der das Ding geworfen hat, ging es nicht um einen Spaß«, sagte Broome überzeugt. »Ich habe ihn beobachtet. Er ist mit seinem alten Wagen an uns vorbeigefahren, hat sich zum Fenster hinausgebeugt und das Ding zwischen die Beine meiner Pferde geworfen. Das war reine Absicht. Seine Lordschaft hätte ums Leben kommen können.«

»Im Ernst?« fragte der Polizeibeamte. »Was für ein Wagen war es denn?«

»Er sah aus wie ein Ford.«

»Und der Fahrer?«

»Ich habe ihn nicht deutlich gesehen, so schnell ging alles. Jedenfalls hat er das absichtlich gemacht.«

»War sonst noch jemand im Wagen?«

»Ich habe niemand gesehen.«

»Haben sich die Pferde wieder beruhigt, Broome?« fragte Lord

Cloverne ungeduldig. »Warum trödeln Sie dann noch herum? Fahren Sie weiter!«

»Soll ich wirklich weiterfahren, Mylord? Nach einem solchen Schreck?« wandte der Kutscher ein. »Wollen Sie nicht lieber umkehren?«

»Nein. Denken Sie, ich lasse mich durch diese albernen Späße von meiner Ausfahrt abhalten? Fahren Sie los, Broome!«

Der Kutscher sah den Polizeibeamten hilflos an und zerrte an den Zügeln. Die Schimmel setzten sich gehorsam in Bewegung, und der alte Landauer rollte davon. Auf dem Blount Square kehrte die gewohnte Ruhe ein.

Der Wachtmeister starrte der Kutsche nach, kratzte sich am Ohr, schüttelte zweifelnd den Kopf und setzte seinen Streifengang fort.

Chefinspektor Bill Cromwell saß mit übereinandergeschlagenen Beinen vor dem Schreibtisch von Colonel Lockhurst in Scotland Yard. Vor wenigen Minuten war er zu seinem Chef gerufen worden.

»Sie müssen eine diffizile Sache für mich übernehmen«, begann Lockhurst zögernd. »Nichts Bedeutendes. Es nimmt höchstens eine halbe Stunde in Anspruch.«

Cromwell, bei seinen Kollegen als ›Ironsides‹ bekannt und wegen seiner Erfolge in zahlreichen Mordfällen bewundert, fragte sich, was da wohl kommen mochte. Er hatte seinen Vorgesetzten selten so unsicher gesehen.

»Sie wissen wohl, daß ein gewisser Claude Moran vor ein paar Tagen aus dem Zuchthaus Parkhurst entflohen ist«, fuhr Lockhurst fort, anscheinend vom Thema abkommend. »Ein gefährlicher Bursche, Cromwell.«

»Jawohl, Sir, ich habe von ihm gehört. Er scheint wohl nicht ganz bei Trost zu sein. Dient elf Jahre von seinen fünfzehn ab, um dann plötzlich zu entwischen. Früher oder später fangen wir ihn doch, dann muß er alles nachholen.«

»Mit Vernunft ist diesen Leuten nicht beizukommen«, meinte Lockhurst achselzuckend. »Sobald sich eine Fluchtmöglichkeit ergibt, ziehen sie los, ohne lange nachzudenken. Natürlich ist er dumm. Ich habe aber das unangenehme Gefühl, daß er nicht nur dumm, sondern auch gefährlich ist. Der alte Cloverne hat ihn wegen schweren Raubes zu fünfzehn Jahren verurteilt. Erinnern Sie sich an ihn? Richter Cloverne, berüchtigt für seine drakonischen Strafen. Das Urteil für Moran war damals allgemein als zu hart empfunden worden – vor allem natürlich von Moran selbst. Er hat den Richter noch im Gerichtssaal bedroht.«

Bill Cromwell zuckte mit den Achseln. »Das kommt doch beinahe jeden Tag vor, Sir.«

»Schon, aber nicht so ausgeprägt wie bei Moran«, erwiderte Lockhurst. »Seine Drohungen kann man nicht so einfach abtun. Er schwor sich, dem ›alten Teufel‹, wie er ihn nannte, alles heimzuzahlen. Sein Haß gegen Cloverne scheint auch nicht abgenommen zu haben. Wie ich aus dem Zuchthaus erfahre, scheint er die Drohungen bis zuletzt wiederholt zu haben.«

»Richter Cloverne«, wiederholte Ironsides und zog die buschigen Brauen zusammen. »Vor ein paar Jahren ist er doch in Pension gegangen? Lord Cloverne heißt er ja jetzt wohl.«

»Gestern vormittag ist etwas Merkwürdiges passiert, Cromwell«, sagte Lockhurst langsam. »Lord Cloverne wohnt am Blount Square, in der Bayswater Gegend, und er wollte gerade seine tägliche Ausfahrt unternehmen, als vor seinen Pferden ein Feuerwerkskörper explodierte. Er ist ein recht altmodischer Mensch und benützt einen offenen Landauer. Die Pferde gingen natürlich durch.«

»Wollen Sie etwa sagen, daß Moran da die Finger im Spiel hat, Sir?«

»Möglich wäre es.«

»Das möchte ich bezweifeln, Sir«, entgegnete Cromwell. »Das paßt ganz und gar nicht zu Moran. Ob es nicht nur auf den Guy-Fawkes-Tag zurückzuführen war?«

»Kaum«, meinte Lockhurst. »Dem Bericht eines Wachtmeisters zufolge, der den Vorgang beobachtet und mit dem Kutscher gesprochen hat, wurde der Kanonenschlag mit voller Absicht zwischen die Pferde geworfen. Ich hätte noch nichts gesagt, wenn es sich um einen harmlosen Knallfrosch gehandelt hätte. Aber so –«

»Na ja, immerhin«, sagte der Chefinspektor. »Die Pferde sind durchgegangen? Wer hat sie aufgehalten?«

»Anscheinend ein junger Mann, der auf die Straße hinauslief und in die Zügel griff. Ohne ihn wäre das Vehikel sicher umgestürzt. Ein Mann von Lord Clovernes Alter – er muß mindestens achtzig sein – hätte das wohl kaum überlebt. Ich kann mir nicht vorstellen, daß jemand ein solches Risiko in Kauf nimmt, selbst am Guy-Fawkes-Tag.«

»Was hatte der junge Mann zu sagen?«

»Er ging weg, bevor der Wachtmeister mit ihm reden konnte«, erwiderte Lockhurst. »Er scheint sich geärgert zu haben, weil Lord Cloverne ihm Geld angeboten hatte. Der Kutscher ist jedenfalls felsenfest davon überzeugt, daß der Kanonenschlag absichtlich vor die Füße seiner Pferde geworfen wurde. Ein Mann in einem alten Ford überholte den Landauer, beugte sich zum Fenster hinaus und schmiß das Ding zwischen die Pferde. Er scheint sich das vorher genau überlegt zu haben. Es könnte Moran gewesen sein.«

»Möglich wäre es«, gab Ironsides zu. »Eine recht raffinierte Methode, einen Menschen zu ermorden. Der Ausgang läßt sich natürlich nicht vorher bestimmen, aber ein alter Mann hätte kaum Chancen, einen Sturz aus der Kutsche lebend zu überstehen. Aber von Beweisen kann doch wohl keine Rede sein? Hat sich jemand gemeldet, der den Mann im Ford gesehen hat und ihn identifizieren könnte?«

»Leider nicht. Das Ganze ging sehr schnell. Der Kutscher glaubt sich erinnern zu können, daß der Mann glattrasiert, hager und in mittleren Jahren gewesen sei, was sich in etwa mit Morans Aussehen deckt, aber er gibt zu, nicht sehr genau hingesehen zu haben. Nachdem der Kanonenschlag explodiert war, hatte er ja sowieso keine Zeit mehr, sich um etwas anderes als die durchgegangenen Pferde zu kümmern.«

»Lord Cloverne kennt natürlich jeder«, meinte Cromwell nachdenklich. »Ein Scharfmacher, wie er im Buch steht. Es heißt, er sei der verhaßteste Richter von ganz London gewesen. Seine Strafen lagen weit über dem Durchschnitt.«

»Allerdings. Ich bin ihm ein paarmal begegnet. Er war der einzige, dem ich nicht in die Augen sehen konnte, ohne daß mir eine

Gänsehaut über den Rücken lief. Daß ihn die Verbrecher gehaßt haben, ist kein Wunder.«

Ironsides hustete.

»Sie sagten eben, daß ich etwas für Sie erledigen soll?« meinte er.

»Ah ja, genau«, sagte Lockhurst. »Nichts Besonderes, Cromwell. Fahren Sie zum Blount Square und sprechen Sie mal mit dem alten Knaben. Er wohnt in einer der großen alten Villen an der Nordseite neben einem Friedhof. An der Rückseite steht eine kleine Kirche. Seine Villa heißt Tresham House. Bringen Sie Lord Cloverne schonend bei, daß er gut daran täte, in Zukunft etwas vorsichtiger zu sein. Erzählen Sie ihm, daß Moran aus dem Zuchthaus ausgebrochen ist und sich noch in Freiheit befindet. Empfehlen Sie ihm, alle Fenster und Türen geschlossen zu halten. Sie können ihm im Notfall auch Polizeischutz anbieten.« Er machte eine Pause.

Aber er konnte nicht übersehen, daß Cromwells Gesicht einen mürrischen Ausdruck zeigte.

»So etwas kann aber doch auch ein Sergeant machen«, meinte er entrüstet. »Ich habe Wichtigeres zu tun, als –«

»Durchaus, Chefinspektor, durchaus«, unterbrach ihn Lockhurst hastig. »Aber ich kenne Lord Cloverne. Er hat eine ausgesprochen böse Zunge, und man muß schon über einige Erfahrung verfügen, wenn man mit ihm fertig werden will. Deswegen möchte ich Sie hinschicken. Cloverne wird sich bestimmt nicht von seiner freundlichen Seite zeigen.«

»Das ist mir auch klar, Sir, aber –«

»Der Innenminister ist über den Vorfall sehr besorgt, und ich habe ihm versprochen, sofort etwas zu unternehmen«, fuhr Lockhurst mit großer Überredungskunst fort. »Ihnen macht es keine Schwierigkeiten, sich mit ihm auseinanderzusetzen, obwohl ich Sie warnen muß, er ist wirklich sehr ekelhaft und vor allem unberechenbar. Es kann sein, daß er brav mittut, aber sehr viel wahrscheinlicher ist, daß er Sie hinauswerfen lassen wird. Dieser Gefahr möchte ich einen jungen unerfahrenen Beamten nicht aussetzen. Sie schaffen so etwas schon.«

Cromwell war immer noch nicht begeistert, aber er gab mürrisch zu verstehen, daß er bereit sei, den Auftrag zu übernehmen.

Wutschnaubend betrat er sein Büro. Sergeant Johnny Lister, sein stets gut gekleideter und fröhlicher Assistent, hob interessiert den Kopf.

»Ärger, Old Iron?«

»Quatsch!« knurrte Cromwell.

»Was?«

»Wofür hält er mich eigentlich – für einen Büroboten? Ich konnte ja schließlich nicht gut nein sagen, nachdem er mir so viel Butter aufs Brot gestrichen hat, aber es macht mir alles andere als Vergnügen.«

Johnny wartete verblüfft auf nähere Einzelheiten. Als er gehört hatte, worum es ging, konnte er Cromwell einiges nachfühlen.

»Das mußt du als Kompliment auffassen, Old Iron«, meinte er beruhigend. »Ich habe von Lord Cloverne gehört. Er muß ja ein wahres Schreckgespenst sein. Zum Frühstück ißt er rostige Nägel, und die Besucher empfängt er mit der Hundepeitsche. Sei lieber vorsichtig. Kein Wunder, daß der Alte dich dorthin schickt. Wenn einer mit Cloverne fertig wird, dann du.«

»Quatsch!« fauchte Bill Cromwell wieder.

Er machte sich auf den Weg – allein.

Am Blount Square angekommen, betätigte er den altmodischen Glockenzug und wartete mit grimmiger Miene vor der massiven Eingangstür. Das alte Haus machte einen düsteren, abweisenden Eindruck, zumal an diesem Vormittag, an dem der Nebel nicht weichen zu wollen schien. Neben dem Haus ragte eine hohe Mauer empor, und durch ein verrostetes Torgitter konnte man Grabmäler und Kreuze sehen, die wie verlorene Posten über den gras- und unkrautüberwucherten Gräbern wirkten.

Tresham House öffnete seine Pforte, und Cromwell sah sich einem stämmigen, gemütlichen Mann mittleren Alters in der würdevollen Kleidung eines Butlers gegenüber. Das runde, gerötete Gesicht verriet Überraschung, als Cromwell sich mit Namen und Berufsbezeichnung vorstellte.

»Kommen Sie bitte herein, Sir.« Er trat zur Seite. »Sie wollen Seine Lordschaft sprechen? Dürfte ich um Ihre Karte bitten –«

»Bevor Sie Lord Cloverne meine Karte überbringen, möchte ich kurz mit seinem Kutscher sprechen«, unterbrach ihn Cromwell. »Ich habe ihm ein paar Fragen zu stellen.«

Der Butler lächelte schwach und ließ den Besucher eintreten.

Cromwell betrat eine muffige, dunkle Vorhalle. Aus dem Schatten tauchten wie Geister die Umrisse klobiger Möbelstücke hervor.

»Sie wollen Broome, den Kutscher sprechen, Sir?« fragte der Butler. »Den haben Sie vor sich. Ich bin Charles Broome.«

»Tatsächlich?« Cromwell war überrascht. »Sie üben hier also eine Doppelfunktion aus?«

»Jawohl, Sir. Ich pflege Seine Lordschaft bei der täglichen Ausfahrt im Landauer zu kutschieren. Die Pferde werden natürlich in den Stallungen gepflegt, aber Seine Lordschaft will sich nur mir anvertrauen.« Der Butler sah Cromwell interessiert an. »In welcher Angelegenheit wollen Sie mich sprechen, Sir?«

»Gestern vormittag haben Sie ein nicht sehr angenehmes Erlebnis gehabt, wie ich hörte«, meinte Ironsides. »Seine Lordschaft soll in Lebensgefahr geschwebt haben. Vielleicht sind Sie so freundlich, mir genau zu erzählen, was vorgefallen ist.«

»Ich fürchte, daß Seine Lordschaft mich dafür verantwortlich macht, daß ich die Pferde nicht unter Kontrolle halten konnte«, meinte Broome bedrückt. »Nur durch das tatkräftige Eingreifen eines jungen Mannes konnte eine Katastrophe verhütet werden. Seine Lordschaft dürfte ihm das Leben verdanken. Ich wäre ohne sein Dazwischentreten wohl auch getötet oder zumindest schwer verletzt worden.« Mit großem Wortschwall schilderte er das Erlebnis in allen Einzelheiten.

Cromwell hörte geduldig zu, weil er durch die Ausführlichkeit der Erzählung in der Lage war, sich ein genaues Bild zu machen.

»Sie haben also den Eindruck, Broome, daß der Mann in diesem alten Ford den Kanonenschlag mit Absicht Ihren Pferden zwischen die Beine geworfen hat?« fragte er. »Sie vermuten, daß er damit bezweckte, die Pferde zum Durchgehen zu bringen?«

»Davon bin ich überzeugt, Sir«, erwiderte der Butler. »In meinem ganzen Leben bin ich noch nicht so erschrocken. Es gibt für mich keinen Zweifel daran, daß der Mann es auf das Leben Seiner Lordschaft abgesehen hatte.«

»Wären Sie in der Lage, ihn zu identifizieren?«

»Wohl kaum, Sir. Ich habe sein Gesicht nur für den Bruchteil einer Sekunde gesehen, als uns der Wagen überholte. Es war ein hageres, glattrasiertes Gesicht, mehr kann ich beim besten Willen nicht sagen. Ich habe in erster Linie darauf geachtet, was der Mann tat. Eine Sekunde später explodierte dann der Feuerwerkskörper, und ich hatte alle Hände voll zu tun.«

»Und der junge Mann, der Sie gerettet hat?«

»Ah, er war tapfer, Sir – sehr tapfer!« erklärte Broome voller Wärme. »Er spielte wirklich mit seinem Leben. Es war überhaupt erstaunlich, daß er die Pferde so schnell zum Stehen bringen konnte. Daß Seine Lordschaft ihm Geld anbot, konnte ich nicht verstehen. Er ging dann auch sofort verärgert weg.«

»Kein Wunder.«

»Nicht ein Wort des Dankes, Sir – sondern ganz einfach: ›Wieviel bin ich Ihnen schuldig?‹ Der junge Mann war mehr als erstaunt. Ich hätte mich auch sehr gerne bei ihm bedankt, weil es ja schließlich auch um mein Leben gegangen war, aber er entfernte sich, bevor ich mit ihm sprechen konnte.«

Die Stimme des Butlers ließ die Mißbilligung gegenüber seinem Herrn nur anklingen. Er nahm Cromwells Karte entgegen und verschwand in den tiefen Schatten der Halle.

Ein paar Minuten später kehrte er zurück und bat den Besucher, ihm zu folgen.

Ironsides folgte ihm in einen großen, kalten, ungemütlichen Raum, an dessen Wänden hohe Bücherregale standen. Im Kamin brannte kein Feuer.

Broome führte ihn durch die Bibliothek zu einer weiteren Tür, die er mit einer knappen Verbeugung öffnete.

»Chefinspektor Cromwell, Mylord«, kündigte er an.

Ironsides betrat das etwas gemütlichere Arbeitszimmer, in dessen Kamin ein wärmendes Feuer flackerte. Der Boden war mit einem dicken, weichen Teppich bedeckt.

Lord Cloverne erhob sich nicht hinter dem Schreibtisch, als Cromwell auf ihn zukam.

»Nun?« fragte er mit feindseliger Miene.

»Mein Name ist –«

»Ihren Namen kenne ich – er steht auf der Karte«, unterbrach ihn der Lord. »Was ist der Zweck Ihres Besuches? Ich habe fünf Minuten Zeit für Sie. Keine Sekunde länger.«

»Das dürfte genügen, Sir.«

»Nun gut. Fangen Sie an.«

Lord Cloverne lud seinen Besucher nicht ein, Platz zu nehmen, und um das Bild zu vervollständigen, fehlten nur noch Robe und Perücke. Er schien sich auch hier als Richter zu fühlen. Seine scharfen, wachen Augen starrten böse und finster unter den Brauen hervor.

Mit knappen Worten umriß Cromwell den Zweck seines Besuches.

»Wir haben Grund zu der Annahme, Sir, daß der Mann, der den Feuerwerkskörper vor Ihre Pferde geworfen hat, ein entflohener Zuchthäusler namens Claude Moran war«, fuhr er fort. »Sie erinnern sich vielleicht an ihn, Sir. Vor elf Jahren haben Sie ihn wegen schweren Raubes zu fünfzehn Jahren verurteilt. Er konnte aus dem Zuchthaus Parkhurst ausbrechen –«

»Einen Moment. Soll das etwa heißen, daß Sie mich aufgesucht haben, um mir das mitzuteilen?«

»Ja, Sir.«

»Hat Scotland Yard nichts Besseres zu tun?« fragte Lord Cloverne bissig. »Ihrer Karte entnehme ich, daß Sie Chefinspektor sind. Vertrödeln Sie immer Ihre Zeit mit solchen Lappalien?«

»Ich möchte Ihnen empfehlen, Sir, die Angelegenheit nicht als Lappalie zu behandeln«, gab Cromwell zurück. »Wir sind nicht ohne Grund der Ansicht, daß der Vorfall mit dem Feuerwerkskörper als Mordversuch zu werten ist. Es steht zwar nicht fest, daß tatsächlich Moran dafür verantwortlich war, aber es spricht doch sehr vieles dafür. Bis zum Zeitpunkt seines Ausbruchs soll er ständig Drohungen gegen Sie ausgestoßen haben. Er ist ein habitueller Verbrecher – ein brutaler, rachsüchtiger Mensch, der seinen Groll über elf Jahre hinweg bewahrt hat.«

»Ich frage mich, wie ein Kriminalbeamter Ihres Dienstranges dazu kommt, solchen Unsinn zu verzapfen«, sagte der alte Mann bissig. »Es spielt doch überhaupt keine Rolle, ob der Mann nun Moran war oder nicht. Fest steht, daß der Feuerwerkskörper mit

Absicht geworfen wurde. Dabei hätte ich ums Leben kommen können. Haben Sie den Mann wenigstens erwischt?«

»Leider nein, Sir.«

»Mit anderen Worten, Sie haben überhaupt nichts unternommen! Sie beschränken sich auf billige Warnungen. Viele von mir verurteilte Verbrecher haben Drohungen gegen mich ausgestoßen. Ich hätte viel zu tun, wenn ich darauf Rücksicht nehmen würde.«

»Prinzipiell gebe ich Ihnen recht, Sir, denn meistens sind Drohungen solcher Art, im Gerichtssaal ausgestoßen, nicht ernst gemeint«, erwiderte Cromwell mit mühsam unterdrücktem Zorn. »Aber es gibt Ausnahmen. Wir halten Moran für eine solche. Wir glauben, daß der gestrige Vorfall, so kurz nach Morans Ausbruch, nicht als Zufall betrachtet werden darf. Moran wird, wenn er dafür verantwortlich war, inzwischen wissen, daß sein Mordversuch erfolglos war. Er ist nicht der Mensch, der sich damit zufriedengeben würde. Er wird es wahrscheinlich noch einmal versuchen.«

»Etwa wieder mit einem Feuerwerkskörper?« fragte Seine Lordschaft verächtlich.

»Nein, Sir. Diesmal wohl auf erfolgversprechendere Weise«, erwiderte Cromwell immer noch höflich. »Ich bin nur hier, um Ihnen gewisse Vorsichtsmaßregeln zu empfehlen. Falls Sie es wünschen, würden wir Ihnen auch Polizeischutz geben.«

»Aha. Sie werden mir also eine motorisierte Eskorte zur Verfügung stellen, wenn ich meinen vormittäglichen Ausflug in den Park mache? Sie werden Polizisten vor meinem Hause patrouillieren lassen und andere in Reserve halten? Man möchte es doch nicht für möglich halten!«

Seine Stimme hob sich, und seine Augen schienen vor Zorn zu sprühen.

»Sind Sie bei der Polizei wirklich so ungeschickt und so tölpelhaft, daß Sie nicht auf die Idee kommen, Ihre ganze Energie auf die Fahndung nach diesem Verbrecher zu konzentrieren? Verlassen Sie mein Haus, Chefinspektor, ich brauche Ihren Rat nicht. Ich bin durchaus in der Lage, selbst auf mich aufzupassen. Ich werde mit einem Dutzend solcher Kerle fertig.«

»Sie werden diese Einstellung noch bedauern, Sir.«

»Darüber steht Ihnen ein Urteil doch wohl nicht zu!« fuhr Lord Cloverne auf, schoß in die Höhe und wies mit dem Zeigefinger zur Tür. »Ich sage Ihnen nur noch das eine: Hinaus!« Er ergriff eine auf dem Schreibtisch stehende Glocke und läutete heftig.

Cromwell blieb mit unheildrohender Miene stehen, bis der Butler erschien.

»Broome, führen Sie diesen Mann hinaus!«

Bill Cromwell konnte sich nicht länger zurückhalten. »Sie sitzen nicht auf dem Richterstuhl, Lord Cloverne, und ich bin kein Angeklagter«, sagte er scharf. »Ich bin auch kein Lakai, mit dem Sie nach Ihrer Willkür verfahren können. Ich gehe, wann es mir paßt.«

»Was erlauben Sie sich –«, knurrte der Alte verblüfft.

»Ich komme hierher, um Ihnen einen guten Ratschlag zu geben, und Sie beleidigen mich«, fuhr Ironsides wütend fort. »Der Mann, der Ihren Pferden die Feuerwerkskörper zwischen die Füße geworfen hat, wollte Sie umbringen. Beim nächsten Mal wird er möglicherweise Erfolg haben, und wenn es ein nächstes Mal gibt, so bleibt Ihnen das Vergnügen, nach eigenem Gutdünken zur Hölle zu fahren!«

Der Chefinspektor drehte sich auf dem Absatz um und marschierte hinaus. Innerlich verfluchte er Colonel Lockhurst, der ihn in diese unangenehme Situation hineinmanövriert hatte.

2

Heather Blair summte fröhlich vor sich hin, als sie sich daranmachte, ihre hübsche kleine Zweizimmerwohnung am Hexton Walk in Chelsea zu verlassen. Es war Montagmorgen, also wieder einmal Zeit, ihre Arbeit in dem großen Blumengeschäft in der Sloane Street anzutreten.

Bevor sie ging, betrachtete sie sich noch einmal im Spiegel, ein mittelgroßes, hübsches Mädchen mit guter Figur und großen, dunklen Augen. Als sie die Tür öffnen wollte, sah sie zufällig auf den Boden und bemerkte einen Brief.

»Na so was«, murmelte sie. »Wen kenne ich denn von den oberen Zehntausend?« Der Umschlag trug ein großes, reichverziertes Wappen. Sie schlitzte ihn verwundert auf, entnahm ihm einen Briefbogen und überflog den Text mit wachsender Verblüffung.

»Nicht zu glauben!« sagte sie erstaunt.

Der Absender lautete: ›Tresham House, Blount Square, London W2‹ und auf dem Briefbogen stand in großen, wenn auch etwas zittrigen Schriftzügen:

›Heather Blair,
Du wirst Dich morgen abend, am 9. November, um 20 Uhr dreißig an der obigen Adresse einfinden. Ich habe etwas Wichtiges mit Dir zu besprechen. Etwaige bereits getroffene Verabredungen hast Du abzusagen. Ich erwarte Dich.

Dein Großvater
Cloverne‹

Heather starrte immer noch ungläubig vor sich hin, als sich die Tür öffnete. Eine fröhliche Stimme erkundigte sich, ob das ihr übliches Montagmorgen-Gesicht sei. Ein junger, breitschultriger Mann mit fröhlichem, markantem Gesicht betrat die Wohnung: Alan Crossley, Heathers Verlobter.

»Was hast du denn?« fragte er, als Heather durch ihn hindurchstarrte. »Du siehst ja ganz komisch aus.«

Jeden Morgen holte Alan Heather ab, um sie zu dem Blumengeschäft in der Sloane Street zu bringen. Anschließend machte er sich dann auf den Weg zu seinem Arbeitsplatz im Architekturbüro Watkinson und Bridger in Knightbridge. Alan Crossley begann sich als Architekt bereits einen Namen zu machen.

»Heather! Komm schon zu dir!« sagte er mit lauter Stimme. »Was liest du denn da? Schlechte Nachrichten?«

»Oh, guten Morgen, Alan«, sagte sie, als habe sie ihn vorher gar nicht bemerkt. »Verzeih. Ich bin noch ganz durcheinander.«

Er nahm ihr den Brief aus der Hand.

»Er ist von meinem Großvater«, fuhr sie fort. »Lies ihn nur.«

Er war so überrascht, daß er gehorsam den Brief überflog.

»Dein was?« fragte er. »Von einem Großvater habe ich ja gar nichts gewußt.«

»Ich auch nicht – das heißt, ich hatte ihn beinahe vergessen«, erwiderte sie. »Er war fast so etwas wie eine Legende für mich. Ich habe ihn noch nie gesehen – jedenfalls kann ich mich nicht daran erinnern. Mutter hat nie von ihrem Vater gesprochen. Sobald die Rede auf ihn kam, wurde sie abweisend und kalt. Die Arme! Ich glaube, daß er sie sehr schlecht behandelt hat, obwohl sie mir nie erzählt hat, was wirklich passiert ist. Das scheint immer ein Geheimnis gewesen zu sein.«

Heathers Mutter war vor zwei Jahren, ein paar Wochen nach dem neunzehnten Geburtstag ihrer Tochter, gestorben. Es war ein schwerer Schlag für Heather gewesen, weil sie sich mit ihrer Mutter großartig verstanden hatte. Sie hatte das kleine Haus in Fulham verkauft und dafür die Wohnung am Hexton Walk gemietet.

Er las stirnrunzelnd den Brief zu Ende.

»Reichlich grob ist er, nicht wahr? Nicht einmal ›liebe Heather‹. Nur deinen Namen. Und was soll das eigentlich heißen, Cloverne? Hat er keinen Vornamen?« Er zog die Brauen zusammen. »Cloverne, Cloverne . . . ich muß den Namen schon irgendwo gehört haben. Er ist recht ungewöhnlich –«

»Natürlich hast du ihn schon gehört«, unterbrach ihn Heather. »Richter Cloverne. Berühmt und berüchtigt. Vor zehn Jahren hat er sich zurückgezogen. Er muß mindestens achtzig sein. Jetzt ist er Lord Cloverne.«

»Ach du meine Güte!« rief Alan und sah Heather erstaunt an. »Warum hast du mir das nicht gesagt? Ich wußte gar nicht, daß du mit dem alten Knacker verwandt bist.«

»Ich hatte es auch schon fast vergessen«, meinte Heather. »Er hat Mutter nie geschrieben, und das hier ist sein erster Brief an mich. Mutter hat mir einmal erzählt, daß er ganz allein in einem riesigen alten Haus wohnt. Nur ein älteres Ehepaar soll sich um ihn kümmern. Mehr weiß ich nicht – nur das eine noch, daß sie ihn gehaßt hat. Ja, das ist wirklich wahr. Sie hat ihren eigenen Vater gehaßt.«

»Ich kann nicht sagen«, meinte Alan nachdenklich, »daß mich das überrascht. Deine Mutter war nicht die einzige, die ihn gehaßt hat. Dein Großvater ist berüchtigt, ich habe die tollsten Geschichten über ihn gehört. Er war für seine drakonischen Strafen bekannt. Unter der Höchststrafe kam niemand weg. Es heißt, daß man in Juristenkreisen aufgeatmet hat, als er in Pension ging.«

»Was soll ich tun, Alan?« fragte sie zweifelnd. »Ich habe ein bißchen Angst. Ich will ihm nicht begegnen. Für mich war er immer eine Art Ungeheuer, nach dem Wenigen zu urteilen, was mir Mutter über ihn gesagt hat. Aber das ist schließlich nur eine Kindheitserinnerung. Ich habe seit Jahren nicht mehr an ihn gedacht.«

»Ja, das ist natürlich deine Sache«, meinte Alan und legte beschützend den Arm um ihre Schultern. »Kopf hoch, Heather. Deswegen brauchst du doch kein so entsetztes Gesicht zu machen.«

»Ich bin eigentlich gar nicht entsetzt«, sagte Heather. »Die Neugierde ist sicher größer als die Angst. Ich will ihm nicht begegnen und andererseits wieder doch. Ich möchte gerne wissen, wie er in Wirklichkeit ist. Ich habe gehört, daß er jeden Vormittag mit seinem altmodischen Landauer ausfährt, Sommer wie Winter, auch wenn es regnet.«

»Ach, du ahnst es nicht!« rief Alan. »Blount Square! Ich hab' doch gewußt, daß da was... na, so ein Zufall! Weißt du, daß ich deinem bärbeißigen Großvater am Guy-Fawkes-Tag das Leben gerettet habe?«

»Was?« fragte sie ungläubig.

»Ja. Ich war an diesem Vormittag unterwegs zu einem Klienten am Blount Square, als irgendein Trottel einen Kanonenschlag zwischen die Pferde bei einem alten Landauer warf, und da niemand etwas zu unternehmen schien, sprang ich auf die Straße und brachte die Pferde zum Stehen.«

Sie lauschte mit großen Augen, als er ihr den Vorfall mit allen Einzelheiten schilderte, ohne jedoch seine Rolle besonders hervorzuheben.

»Ach, Alan, das hätte aber schlecht ausgehen können«, sagte Heather atemlos. »Warum hast du mir nichts davon erzählt? Das liegt doch schon Tage zurück!«

»Sei doch nicht kindisch. So wichtig war es ja auch wieder

nicht«, protestierte er. »Ich habe mich übrigens hinterher sehr geärgert. Den Blount Square finde ich besonders schön. Ein paar von den alten Häusern sind für einen Architekten eine wahre Augenweide.«

»Hör schon auf mit dem alten Blount Square«, unterbrach ihn Heather. »Warum hast du dich geärgert?«

»Der alte Knabe im Landauer war also dein Großvater«, sagte er nachdenklich. »Ich hatte keinen besonders guten Eindruck von ihm. Er hat mir doch tatsächlich Geld angeboten.«

»O weh!«

»Ich hatte die Pferde kaum zum Stehen gebracht, als er mich ansah und sagte: ›Junger Mann, wieviel schulde ich Ihnen für diesen Dienst?‹ Ich habe ihm nicht geantwortet und bin weggegangen. So etwas ist doch wirklich beleidigend!«

»Ich gehe nicht hin«, sagte Heather mit fester Stimme. »Wenn er dich so behandelt hat, steht für mich fest, daß er ein Scheusal ist. Und warum will er mich überhaupt sprechen? Er hat meine Existenz noch nie zur Kenntnis genommen. Nein, ich will ihn gar nicht kennenlernen!« Sie warf einen Blick auf die Uhr. »Ach du Schreck! Ich komme zu spät!«

»Na schön – dann kommst du eben zu spät. Das ist eben mal eine Ausnahme«, meinte Alan. »Ich finde, daß du heute abend schon hingehen solltest, Heather. Der Vorfall scheint ihn doch mitgenommen zu haben – vor allem in seinem Alter. Vielleicht ist er nachdenklich geworden –«

»Du meinst, daß er sich besonnen hat?«

»Keine Ahnung«, sagte Alan grinsend. »Wahrscheinlich ist er plötzlich auf die Idee gekommen, daß er dich einmal besichtigen muß. Knapp dem Tode entronnen – schuldbeladenes Gewissen –, und jetzt will er dich sehen, damit er dir sagen kann, er gedenke dir sein ganzes Vermögen zu hinterlassen.«

»So, meinst du?« fragte Heather bissig.

»Man kann nie wissen. Im Ernst, Heather, du kannst es dir nicht leisten, diese Einladung auszuschlagen. Besuche ihn auf jeden Fall, damit du mal siehst, worauf er hinauswill. Er ist immerhin dein Großvater.«

»Ich werde es mir überlegen«, versprach sie, als sie sich die

Handschuhe anzog. »Aber jetzt muß ich weg. Wir treffen uns zum Mittagessen, nicht wahr? Treffpunkt wie gewöhnlich. Inzwischen werde ich ja wohl mit mir ins reine gekommen sein.«

Er drängte sie nicht, aber als sie sich mittags zum Essen trafen, hatte sie sich beruhigt. Sie erklärte sich bereit, seinem Rat zu folgen.

»Na fein«, meinte Alan. »Ich hole dich um acht Uhr mit dem Wagen ab und fahre dich zum Blount Square. Vor dem Haus warte ich auf dich. Anschließend fahren wir zum Abendessen, dann kannst du mir alles erzählen.«

An diesem Abend war das Wetter kalt und unfreundlich, mit einem Wort, typisch November. Kein Windhauch regte sich, und schon seit den späten Nachmittagsstunden hatte der Nebel seinen Vormarsch angetreten. Auf den hellerleuchteten Straßen des Westends kam Alan mit dem Wagen gut voran, aber als er in die stilleren Seitenstraßen einbog, mußte er sehr vorsichtig fahren. Der Blount Square war in weiße, undurchdringliche Schwaden gehüllt. Vom Park drängte der Nebel über die Bayswater Road immer dichter heran.

»Na, angekommen sind wir wenigstens«, meinte Alan. »Wirklich eigenartig, dieser Nebel. Er scheint sich die ganze Zeit zu bewegen. Siehst du, wie er sich drüben hebt?«

Er hatte vor der Grünfläche in der Mitte des Platzes geparkt und zeigte hinüber zum Tresham House, das für einen Augenblick sichtbar wurde. Daneben sahen sie eine hohe Mauer mit einem schmiedeeisernen Tor, das den Blick auf einen Friedhof mit bleichen Grabsteinen und Monumenten freigab. Irgendwie hatte der Friedhof ein seltsames Aussehen. Die Grabmäler und Mausoleen glichen nicht den in England sonst üblichen, und die alte Kirche an der Rückseite des Friedhofs, die Alan schon bei Tageslicht gesehen hatte, wirkte düster.

»Dein Großvater hat unangenehme Nachbarn«, murmelte er, als Heather sich zum Aussteigen anschickte. »Schau dir das an! Vorhin konnten wir noch alles sehen – und jetzt ist es wie zugedeckt.«

»Ich bleibe nicht lange«, versprach sie. »Du wirst dich hier draußen im Nebel erkälten. Warum kommst du nicht mit?«

»Lieber nicht«, meinte er. »Dein Großvater wäre sicher nicht einverstanden. Mach dir um mich keine Sorgen.«

Als sie die Eingangstreppe vor Tresham House erreicht hatte, schaute sie sich um, aber Alans Wagen war nicht zu sehen, der dichte Nebel hatte ihn verschluckt. Sie zog an dem Glockenstrang. Nach kurzem Warten wurde die Tür von Broome, dem Butler, geöffnet.

»Miss Heather Blair?«

»Ja.«

»Seine Lordschaft erwartet Sie, Miss«, sagte der Butler.

Heather trat ein und vermochte ein Frösteln nicht zu unterdrücken. Die große Eingangshalle mit den dunklen Möbeln wirkte kalt und unfreundlich.

»Ich habe mich wohl ein paar Minuten verspätet«, meinte Heather, während sie ihren Mantel auszog. »Es liegt am Nebel. Er wird immer dichter. Hoffentlich ist mein Großvater nicht ungeduldig geworden.«

Für einen Augenblick schien Broome überrascht zu sein, dann verbeugte er sich knapp.

»Wenn Sie mir folgen wollen, Miss«, sagte er verbindlich.

Er führte sie durch die Halle, durch die kalte, dunkle Bibliothek und öffnete eine Tür.

»Miss Heather Blair, Mylord«, verkündete er.

Heather betrat das Arbeitszimmer nicht ohne Bangen. Sie hatte eigentlich keinen Grund zur Nervosität, denn sie war ja unabhängig und gedachte ihren Großvater darüber auch nicht im unklaren zu lassen. Und doch ließ sich, da die Begegnung nicht mehr hinauszuschieben war, eine gewisse Unsicherheit nicht vertreiben. Vielleicht drängten die Schatten ihrer Kindheit herauf, die ihr Großvater als eine Art ›schwarzer Mann‹ beherrscht hatte.

Nach den ersten Schritten und einem scheuen Blick auf den kerzengerade hinter seinem Schreibtisch sitzenden alten Mann fühlte sie nichts als Erleichterung. Er sah nicht sehr gefährlich aus. Sein hageres, faltiges Gesicht ließ keine Gefühlsregung erkennen. Nur seine Augen wirkten lebendig. Das schlohweiße Haar verlieh ihm achtunggebietende Würde.

»Komm näher«, sagte Lord Cloverne, nachdem Broome die Tür

geschlossen und sich zurückgezogen hatte. »Nein, setz dich noch nicht. Komm näher.«

Sie ging gehorsam auf ihn zu, bis sie beinahe vor ihm stand.

»Ja, genau, was ich mir gedacht habe. Du siehst deiner Mutter sehr ähnlich.«

Seine Augen betrachteten sie eiskalt, und Heather wurde plötzlich von so heftigem Widerwillen gepackt, daß sie sich am liebsten abgewandt hätte.

»Du bist also meine Enkelin«, fuhr er fort. »Mein Gott, wie du deiner Mutter gleichst! In deinem Alter sah sie genauso aus. Setz dich neben mich.«

Seine Miene blieb unbewegt und kühl; Heather setzte sich auf den Stuhl und wartete. Die Schreibtischlampe war so gedreht, daß der Lichtschein voll auf ihr Gesicht fiel, während der Lord im Halbdunkel blieb.

Broome, der inzwischen in das Souterrain zurückgekehrt war, erschien nun nicht mehr als der würdevolle, leidenschaftslose Butler, als der er sich noch bei Heather gezeigt hatte. In seinen Augen flackerten Erregung und Feindseligkeit. Er betrat die große Küche, wo seine Frau Edith strickend in einem Lehnstuhl saß, und murmelte einen Fluch.

»Was gibt's denn, Charles?«

»Weißt du was«, sagte Broome heiser. »Diese Miss Blair ist seine Enkelin. Er hat mir nie etwas davon erzählt. Wir wußten nicht einmal, daß er eine Enkelin hat.«

Er schien wie umgewandelt zu sein.

»Du bist auch da, Bert?« fragte er unfreundlich, als er einen mageren jungen Mann bemerkte, der sich vor dem Kamin in einem Sessel lümmelte. »Wann bist du denn gekommen?«

»Gerade eben, Onkel Charlie«, antwortete der junge Mann und zog an seiner Zigarette. »Was soll der Quatsch mit der Enkelin? Tante Edith hat mir gerade erzählt, daß Seine Hoheit Besuch bekommt, und ich konnte es kaum glauben. Er hat nicht oft Besuch, nicht wahr?«

Bert Walters war ein unangenehmer Bursche, für den Broome nichts übrig hatte, aber er war nun mal der Neffe seiner Frau, und sie ließ sich nicht davon abbringen, ihm häufig Geld zuzustecken oder ihn zum Essen einzuladen.

»Er ist wirklich ein komischer Kauz«, sagte Broome, als er sich auf einen Stuhl fallen ließ. »Keiner kennt sich bei ihm aus. Warum kann er mir nicht sagen, daß das Mädchen seine Enkelin ist? Merkwürdig, daß er sie noch nie herbestellt hat.«

»Dafür gibt es sicher einen guten Grund, Charles«, meinte seine Frau. »Er wird nicht jünger, weißt du. Vielleicht will er ihr etwas hinterlassen und sich vorher einen Eindruck von ihr machen.«

»Mir gefällt das nicht«, sagte Broome besorgt.

»Du denkst wohl an das, was du kassieren kannst, wenn der alte Knabe das Zeitliche segnet?« fragte Bert Walters grinsend. »Er hat doch schon mehr als einmal angedeutet, daß er dir und Tante Edith etwas vermachen will. So hat sie es mir jedenfalls erzählt.«

»Deine Tante quatscht zuviel«, fauchte Broome. »Vielleicht hat er hier und da mal ein Wort fallenlassen, daß er uns für die Zeit nach seinem Tod versorgen will. Warum auch nicht? Wir wohnen seit zehn Jahren bei ihm und sorgen für ihn. Glaubst du, wir wären ohne die Aussicht auf einen hübschen Batzen Geld geblieben? Er kann furchtbar gemein sein – und die meiste Zeit behandelt er uns wie den letzten Dreck. Es ist nicht einfach, das treue, alte Familienfaktotum bei ihm zu spielen. Schließlich und endlich muß es sich auch lohnen.«

»Das ist nicht nett von dir, Charles«, protestierte seine Frau. »Zum größten Teil stimmt es ja, aber so etwas sagt man nicht. Hoffentlich macht uns das Mädel keinen Strich durch die Rechnung. Leute im Alter Seiner Lordschaft kommen oft auf die absurdesten Ideen. Warum schleichst du nicht hinauf und horchst an der Tür? Vielleicht reden sie so laut, daß du etwas verstehst?«

Broome war sofort einverstanden. »Gute Idee«, meinte er und verließ die Küche.

Heather Blair hatte sich inzwischen von ihrem ersten Schrecken erholt. Ihr Großvater sprach über alles mögliche, während er sie genau studierte.

Sie wartete immer noch darauf zu erfahren, warum er sie eigentlich zu sich bestellt hatte. Vielleicht war er doch nicht so schrecklich wie es hieß; vielleicht hatte sie sich nur eingebildet, daß er etwas Böses ausstrahlte. Schließlich war ihr Großvater doch einmal ein berühmter Richter gewesen und konnte schon deshalb nicht schlecht sein.

Er mochte seine Gründe gehabt haben, die Verbrecher, die sich vor ihm zu verantworten hatten, mit der Höchststrafe zu belegen.

Heather versuchte sich bei diesem Gedanken zu beruhigen, aber ihr guter Wille verflog, als sie den alten Mann wieder ansah. So sehr sie sich auch bemühte, das Gefühl des Widerwillens, ja des Ekels, wurde sie nicht los. Es kam ihr so vor, als starre sie einen Totenschädel an.

»Du fragst dich vielleicht, warum ich dich nach so langer Zeit zu mir gebeten habe«, meinte Lord Cloverne nach einer kurzen Pause. »Ich glaube kaum, daß du die volle Wahrheit über deine Mutter weißt.«

»Die volle Wahrheit?« fragte sie erstaunt. »Aber ich weiß alles über Mutter. Sie war die großartigste Frau, die ich je gekannt habe.«

»Ich bin trotzdem davon überzeugt, daß sie über ihre Schandtat nie mit dir gesprochen hat«, erwiderte der alte Mann bitter. »Du wirst schockiert sein. Nein, unterbrich mich nicht. Ich muß dir von Ereignissen erzählen, die sich vor über zwei Jahrzehnten zugetragen haben. Nach dem Tod deiner Großmutter waren wir allein, deine Mutter und ich. Ich hielt sie für eine brave, vertrauenswürdige, gute Tochter. Sie bedeutete mir alles. Sie führte mir den Haushalt, sorgte für mich, und ich vertraute ihr.

Damals war Krieg, und ich hatte viel zu tun. Mein Dienst als Richter bei Verhandlungen außerhalb Londons zwang mich, viel zu reisen. Eine Verhandlung war jedoch früher als vorgesehen zu Ende, und ich konnte noch mit dem letzten Zug nach Hause fahren. Deine Mutter erwartete mich erst am folgenden Tag. Ich kam spät nachts an – es war nach Mitternacht, um genau zu sein.

Das Haus lag im Dunkeln. Das war nur natürlich, weil man Verdunkelung befohlen hatte. Es war eine stürmische Nacht, und die feindlichen Bomber hatten nicht starten können. Im Haus selbst war alles ruhig. Ich war etwa überrascht, als ich am Schlafzimmer deiner Mutter vorbeikam und durch den Türspalt Licht durchschimmern sah. Ich blieb stehen und überlegte mir, ob ich ihr noch gute Nacht wünschen sollte.«

Lord Cloverne machte eine Pause, als wolle er seinen nächsten Worten dramatische Wirkung verleihen. Er beugte sich vor, so daß das Licht der Schreibtischlampe auf seine Züge fiel. Zum erstenmal zeigte das maskenhafte Gesicht Belebung. Heather zuckte unwillkürlich zusammen.

»Während ich noch an der Tür zögerte, hörte ich Stimmen im Schlafzimmer«, fuhr Lord Cloverne fort. »Eine davon war eine Männerstimme. Ich stieß die Tür auf. Da war deine Mutter, ein junges Mädchen von zwanzig Jahren, und sie hatte einen Mann bei sich!«

3

Broome, der am Schlüsselloch lauschte, hätte sich beinahe durch einen Ausruf verraten. Zum erstenmal erfuhr er von einer solchen Episode. Er wagte kaum zu atmen, um die nächsten Worte nicht zu überhören.

Heather Blair sprang auf.

»Das ist eine Lüge!« rief sie. »So etwas darfst du über Mutter nicht sagen! Das ist eine ganz gemeine Lüge!«

Lord Cloverne winkte ab. »Setz dich«, sagte er. »Ich wußte, daß dich das schockieren würde, aber man muß der Wahrheit ins Gesicht sehen.«

»Das ist nicht die Wahrheit!« entfuhr es Heather. »Es kann nicht wahr sein. Mutter hätte so etwas nie getan!«

»Schweig!« befahl ihr Großvater. »Ich bin noch nicht fertig. – Der junge Mann war Hauptmann in der Armee. Ich kannte ihn. Er hieß James Blair und war im Zivilberuf Strafverteidiger. Er hatte bereits begonnen, sich einen Namen zu machen, bevor er einrücken mußte. Deine Mutter erklärte mir aufgeregt, es sei alles in Ordnung. Sie hätten am selben Tag geheiratet, weil er am nächsten Tag nach Afrika müsse. Dies sei ihre Hochzeitsnacht.«

Heather atmete auf. »Warum hast du mich denn so erschreckt?« fragte sie zornig. »Es war doch wirklich alles in Ordnung. Ich wußte nichts davon, weil Mutter nie darüber gesprochen hat. Vater fiel, bevor ich zur Welt kam.«

»Sei still!« schnitt ihr Lord Cloverne das Wort ab. »Nichts war in Ordnung. Deine Mutter hatte mich getäuscht. Sie heiratete heimlich, ohne meine Zustimmung – ich wußte, daß ich ihr nie mehr trauen konnte. Auf der Stelle befahl ich ihr, das Haus zu verlassen.«

Heather riß die Augen auf. »Du hast sie hinausgeworfen?« fragte sie ungläubig. »Mitten in der Nacht?«

»Ja.«

»In ihrer Hochzeitsnacht!«

»Für mich war es eine ganz gewöhnliche Nacht!«

»Für dich!« wiederholte sie verächtlich. »Das war gemein. Sie hatte doch nichts Böses getan.«

»Halt!« Lord Cloverne stand auf. »Du hast also dieselben Ansichten wie deine Mutter!« schrie er. »Ich hatte ihr mein Vertrauen geschenkt, sie durfte in eigener Verantwortung alles im Haus anordnen, bis ich entdeckte, daß sie kein Vertrauen verdiente. Sie hatte sich nicht nur seit Wochen ohne mein Wissen mit diesem jungen Mann getroffen, sondern ihn sogar heimlich geheiratet und ihn mit in mein Haus gebracht.«

»Du tust ja so, als hätte sie etwas Verworfenes und Unehrenhaftes getan!« brauste Heather auf. »Mutter wird ihre Gründe dafür gehabt haben, warum sie dir die Heirat verheimlichte –«

»Dafür gibt es einfach keine Entschuldigung«, unterbrach sie der alte Mann und sank wieder in seinen Sessel.

»Du hast Mutter also wirklich aus dem Haus gewiesen?«

»Allerdings.«

»Kein Wunder, daß sie nie von dir sprechen wollte.«

»Ich hatte Grund genug, sie zu enterben«, gab Lord Cloverne zurück.

»Du hast dich benommen wie der Bösewicht in einem billigen Melodrama«, meinte Heather verächtlich. »Jetzt weiß ich, warum Mutter dich so gehaßt hat.«

»Mein Gott, du bist ihr Ebenbild«, murmelte Lord Cloverne. »Sogar die gleiche Stimme hast du. Ich wollte mit deiner Mutter nichts mehr zu tun haben. Ich habe sie auch nie wiedergesehen.«

»Und warum erzählst du mir das?« brach es aus Heather hervor. »Macht es dir Spaß, dich mit diesen Gemeinheiten zu brüsten? Ich gehe.«

Lord Cloverne schien für einen Augenblick aus der Fassung geraten zu sein. Heathers Ungestüm überraschte ihn. Das Gespräch verlief nicht ganz so, wie er es sich vorgestellt hatte.

»Du bleibst«, sagte er grimmig. »Du mußt die volle Wahrheit wissen. Kannst du nicht verstehen, wie mir zumute war, als ich diese Schandtat deiner Mutter entdeckte?«

»Hör auf mit diesem Unsinn!« rief Heather. »Sie war verheiratet. Es spielt keine Rolle, ob sie dich vorher um Erlaubnis gebeten hat oder nicht.«

»Das sind feine Ansichten«, knurrte Lord Cloverne. »Natürlich war ihr Betragen schandbar. Viele Jahre lang war deine Mutter das einzige Wesen, das ich liebte. Ich bin ein harter Mensch, manche halten mich sogar für grausam, aber deine Mutter hat mir viel bedeutet. Du brauchst mich nicht so skeptisch anzusehen. Ich habe ihr oft genug gesagt, daß sie nach meinem Tod das Erbe der Clovernes übernehmen würde. Sie wollte mehr davon wissen, aber ich verriet nichts. Ich sagte ihr nur, daß es im Hause sei – heute wie damals.«

Broome, der immer noch an der Tür lauschte, war so erregt, daß er ein Taschentuch vor den Mund pressen mußte. Das Erbe der Clovernes! Zum erstenmal erfuhr er von diesem Schatz! Woraus konnte er bestehen? Und wo mochte er verborgen sein?

»Ich habe deiner Mutter nie vergeben«, fuhr Lord Cloverne fort. »Wohin sie mit ihrem Liebhaber ...«

»Mit ihrem Mann«, korrigierte ihn Heather.

»Für mich war er nie ihr Mann«, winkte der Alte ab. »Ich weiß nicht, was aus ihnen geworden ist. Ich erfuhr auch erst von deiner Existenz, als du schon zwei oder drei Jahre alt warst – und auch das nur durch Zufall.«

Heathers Augen füllten sich mit Tränen. »Du hast sie fortgeschickt, nur weil sie ohne dein Wissen oder ohne deine Zustimmung geheiratet hat. Ich glaube nicht, daß das stimmt. Da steckt noch etwas anderes dahinter. Du bist egoistisch und arrogant gewesen; du wolltest sie bei dir behalten, als Sklavin, die dein Haus führte, sich um dich kümmerte und für alles sorgte, nachdem deine Frau gestorben war. Weil meine Mutter sich verliebte, und weil sie Angst vor dir hatte, hast du sie gemein und grausam behandelt.«

Lord Clovernes Gesicht wirkte wieder maskenhaft starr.

»Das eine muß man dir lassen – du hast Mut«, murmelte er. »Deine Mutter starb vor zwei Jahren, und ich erfuhr nur davon, weil ich zufällig die Todesanzeige in der Zeitung las. Es war sehr schmerzlich für mich. Sie hätte neben ihren Ahnen im Mausoleum der Clovernes ihren Platz finden sollen – aber durch ihr schändliches Verhalten hatte sie dieses Vorrecht eingebüßt.«

»Du bist ein Unmensch«, schluchzte Heather. »Du als bedeutender Richter, als berühmter Mann – reich und geachtet – läßt deine Tochter zugrunde gehen. Ich kann mich noch erinnern, daß sich Mutter Tag für Tag abgearbeitet hat, um mich auf eine gute Schule schicken zu können; du weißt ja gar nicht, wie arm wir waren.« Sie stand auf. »Macht es dir etwas aus, wenn ich gehe? Ich will nichts mehr hören. Wenn du meine Mutter gehaßt hast – wie du wohl auch mich haßt –, dann darf ich dir sagen, daß das auf Gegenseitigkeit beruht. Ich hasse dich! Für mich bist du der gemeinste Mensch, der mir je begegnet ist!«

Sie starrte ihn mit flammenden Augen an, und Lord Cloverne erhob sich ebenfalls.

»Setz dich!« fauchte er. »Wir sind noch nicht zu Ende. Ich bestehe darauf, daß du etwas von unserer Familiengeschichte erfährst.«

»Ich will von meiner Familie nichts wissen«, gab sie zurück. »Als Kind war mir nur das eine klar, nämlich, daß mit meiner Familie etwas nicht stimmte. Mein Vater fiel im Krieg, und Mutter hatte nichts als eine kleine Hinterbliebenenrente. Ich wußte, daß ich einen berühmten Großvater hatte, aber Mutter ließ nicht zu, daß von dir gesprochen wurde. Es fiel mir nicht schwer, dich zu vergessen.«

Sie sank zitternd auf den Stuhl zurück. Irgend etwas im Blick des alten Mannes zwang sie zu bleiben. Sie konnte sehr gut verstehen, daß viele Angeklagte vor ihm gezittert hatten.

»Schon besser«, sagte Lord Cloverne. »Ich möchte dir von unserer Familiengeschichte etwas erzählen, wovon nur wenige wissen.

Mein berühmtester Ahnherr war der Chevalier de Cloverne, einer der mächtigsten Aristokraten Frankreichs zur Zeit der Revolution.«

Heathers Augen weiteten sich. »Frankreich?« wiederholte sie staunend.

»Ja. In deinen Adern fließt französisches Blut, obwohl wir seit nahezu zwei Jahrhunderten Engländer sind. Ich muß dir von diesem großartigen französischen Edelmann und seinen Taten während der Schreckensherrschaft erzählen, als jede Woche Hunderte von Köpfen rollten.« Der alte Mann lachte leise. »Er war ein erstaunlicher Mann, dieser Ahnherr. Er kam in Gefahr, seinen eigenen kostbaren Kopf zu verlieren, und was tat er? Er verriet seine eigenen Leute, um sich damit das Leben zu erkaufen.«

»Ein Verräter?« flüsterte Heather. »Und du sprichst mit Bewunderung von ihm?«

»Schlauheit ist immer bewunderungswürdig«, gab ihr Großvater zurück. »Kann man es dem blaublütigen Chevalier übelnehmen, daß er seinen Hals vor der Guillotine retten wollte? Das ließ sich nur machen, indem er seine Partei verriet – sogar seine eigenen Verwandten. Er schloß sich eng an Robespierre an. Robespierre kennst du doch?«

Lord Cloverne lehnte sich zurück und schien das Gespräch sehr zu genießen.

»Eine gebildete, kultivierte Schlange, das darf man wohl sagen«, fuhr er fort. »Maximilian Robespierre, Anwalt aus Arras. Die Schreckensherrschaft war zum größten Teil sein Werk. Man muß meinem Ahnherrn Intelligenz bescheinigen. Er verlor keine Zeit, sich an diesen Sohn des Volkes anzuschließen. Der Verrat des Chevaliers trug ihm Sicherheit und Freiheit ein.«

»Robespierre war ein Teufel!«

»So steht es in manchen Geschichtsbüchern. Der Chevalier de Cloverne war aber ein sehr intelligenter Mann. Er erkannte rechtzeitig die Zeichen der Zeit und floh mit seinem ganzen Vermögen nach England. Das geschah kurz bevor Robespierre selbst die Guillotine besteigen mußte.

Der Chevalier setzte sich also nach England ab und brachte seine ganze Habe mit – einschließlich der Erbstücke der Familie Cloverne: Juwelen ersten Ranges. Nachdem er sich in London niedergelassen hatte, baute er dieses Haus; er baute auch die kleine Kirche nebenan, und auf dem Friedhof befinden sich die Grabmäler und Mausoleen reicher Franzosen. Auch unser eigenes Familienmausoleum steht dort. Der ganze Besitz – dieses Haus, die Kirche, der Friedhof – gehört mir. Es ist ein Vermögen wert. Ich habe mich stets geweigert zu verkaufen. Wenn ich einmal sterbe...« Lord Cloverne unterbrach sich lachend. »Ich habe dich heute abend hierher befohlen, um dir das zu erzählen – und hinzuzufügen, daß du keinen Penny zu erwarten hast. Ich wüßte nicht, warum ich dich anders behandeln sollte als deine Mutter. Es ist doch ganz wesentlich für dich zu wissen, daß du keinen Penny bekommst.«

Sie starrte in das verzerrte Greisengesicht und vermochte kaum zu glauben, daß ein Mensch so bösartig sein konnte. Sie war seine Enkelin, er sah sie zum erstenmal, aber er hatte sie nur herzitiert, um sie zu quälen, um sich auf ihre Kosten zu amüsieren.

Heather erhob sich schwankend und rannte mit einem Aufschluchzen zur Tür.

Broome konnte gerade noch zur rechten Zeit entwischen, als er ihre Schritte hörte. Zitternd vor Erregung stieg er in das Souterrain hinunter. Seine Augen glitzerten habgierig, als er die Küche betrat. Seine Frau strickte immer noch. Bert Walters studierte die Pferdesportseite einer Abendzeitung.

»Das hat aber lange gedauert, Charles.« Mrs. Broome sah von ihrem Strickzeug auf und ließ es sinken. »Was ist los?« fragte sie scharf. »Du siehst krank aus, Charles.«

»Na, und ob«, meinte Bert, nachdem er einen Blick auf seinen Onkel geworfen hatte. »Sei lieber vorsichtig. Mit deinem Blutdruck scheint etwas nicht zu stimmen. Dein Gesicht ist ganz rot.«

»Stellt euch vor, was ich gehört habe!« keuchte Broome. »Der alte Knacker ist mit dem armen Mädel ganz schön umgesprungen. Er hat ihr gesagt, daß sie keinen Penny bekommt. Erbstücke...!«

»Was?« fuhr Bert auf.

»Im Haus sind Schätze versteckt, und kein Mensch weiß, wieviel sie wert sind«, fuhr der Butler fort. »Wißt ihr was? Von den Franzosen! Der alte Knabe stammt aus Frankreich!«

»Ach, hör auf!« meinte Mrs. Broome skeptisch.

»Im Ernst! Er hat es dem Mädchen selbst gesagt. Einer seiner Vorfahren sei ein französischer Aristokrat namens Chevalier de Cloverne gewesen«, berichtete Broome atemlos. »Dieser Franzose hat vor über hundertfünfzig Jahren das Haus hier gebaut. Du hättest ihn nur hören sollen!«

»Du hast dich bestimmt getäuscht«, sagte Bert. »Lord Cloverne soll ein Franzose sein? Daß ich nicht lache!«

»Ich habe nicht gesagt, daß er ein Franzose ist«, zischte Broome. »Seine Vorfahren stammen aus Frankreich. In der Schule wirst du ja wohl auch etwas über die französische Revolution gelernt haben, oder nicht? Die Aristokraten, die auf die Guillotine steigen mußten, waren meistens reich. Nur ein paar konnten fliehen. Einige kamen auch nach England.«

»Das ist ja nichts Neues«, meinte Bert ungeduldig. »Aber was hat es mit den Erbstücken auf sich?«

»Das versuche ich dir ja gerade beizubringen«, sagte der Butler. »Die Aristokraten, die nach England kamen, brachten ihre Juwelen mit – Diamanten, Perlen und dergleichen. Clovernes Vorfahre machte es genauso. Und der alte Knabe hat seiner Enkelin erzählt, daß sie noch im Haus versteckt sind. Stellt euch das vor! Sie müssen ein Vermögen wert sein! Und wir haben keine Ahnung gehabt!«

»Charles, worauf willst du hinaus?« fragte Mrs. Broome ängstlich.

»Ich weiß nicht recht – aber was ich da an der Tür gehört habe, ist doch ganz erstaunlich«, knurrte Broome. »Er hat dem Mädchen gesagt, daß sie keinen Penny bekommt. Wenn der alte Geizkragen seiner eigenen Enkelin nichts hinterläßt, wieviel haben dann wohl wir zu erwarten?«

»Uns wird er schon etwas geben«, meinte Mrs. Broome. »Er hat es mehr als einmal gesagt. Erst vor ein paar Wochen sagte er zu mir, daß er für uns sorgen würde.«

»Du hast ihn aber heute nicht gehört, Edith«, meinte ihr Mann. »Wir sind bei ihm seit über zehn Jahren, und ich habe ihn noch nicht einmal so reden hören, wie eben jetzt. Mir ist es ganz kalt über den Rücken gelaufen. Überleg doch mal: Wir haben uns die

Beine ausgerissen, wir haben uns jeden Tag abgerackert. Und was hat er getan? Er hat uns behandelt, als wären wir seine Packesel.«

»Das ist nicht wahr«, protestierte Mrs. Broome.

»Natürlich ist es wahr«, widersprach er. »Wir haben nicht ein einziges Mal aufbegehrt, ganz gleich, wie er uns behandelt hat – weil wir uns ja immer gesagt haben, daß er uns ganz bestimmt in seinem Testament bedenkt. Aber kann man damit noch rechnen? Wird er an uns denken, wenn er seine eigene Enkelin enterbt? Haben wir zehn Jahre in diesem düsteren alten Haus gearbeitet, nur um mit leeren Händen dazustehen? Dabei liegt hier irgendwo ein Vermögen versteckt!«

Mrs. Broome schüttelte den Kopf. Bert Walters sprang auf. »Du meinst die Erbstücke?« fragte er heiser. »Im Haus? Ja, schon, aber wo? Das Haus ist riesengroß.«

»Das meiste ist unbenützt«, sagte Broome. »Er braucht nur Eßzimmer, Arbeitszimmer und ein Schlafzimmer. In den anderen Räumen ist seit Jahren nichts angerührt worden. Wahrscheinlich hat er die Juwelen in seinem Arbeitszimmer.«

»Gibt es einen Safe dort?« fragte Bert eifrig.

»Nein.«

»Bert! Was soll diese Fragerei?« empörte sich seine Tante.

»Laß gut sein«, sagte Bert und warf Broome einen Blick zu. »Wir haben keine Ahnung gehabt, daß im Haus Juwelen versteckt sind, nicht wahr? Aber jetzt wissen wir Bescheid.«


Lord Cloverne saß hinter seinem Schreibtisch und starrte befriedigt zur Tür. Heather stand immer noch da, die Hand auf der Klinke, und versuchte, ihre Fassung zurückzugewinnen. Der alte Mann hatte sein Ziel erreicht und freute sich. Es machte ihm Spaß, andere Leute leiden zu sehen.

Der Vorfall am Guy-Fawkes-Tag hatte ihn schwer erschüttert – weit mehr, als er anderen Menschen gegenüber zugeben wollte. Er war mit knapper Not dem Tode entronnen und hatte nicht den geringsten Zweifel, daß Moran, der entsprungene Zuchthäusler, ihm nach dem Leben trachtete. Es sprach – auch nach der Meinung von Chefinspektor Cromwell – allerhand dafür, daß Moran sich von einem zweiten Versuch nicht abhalten lassen würde. Beim nächstenmal mochte er Erfolg haben.

Cloverne hatte einen Polizeischutz verächtlich zurückgewiesen, aber er gab sich keinen Illusionen hin. Das war einer der Gründe, warum er Heather Blair zu sich bestellt hatte. Wenn er schon sterben mußte, wollte er sich noch die Befriedigung gönnen, seiner Enkelin reinen Wein einzuschenken. Dieses Vergnügen wollte er sich nicht entgehen lassen.

Er hatte also das Mädchen herzitiert, um sich auf angenehme Weise die Zeit zu vertreiben. Der Haß hatte seine Seele so ausgeglüht, daß er jetzt, in seiner zweiten Kindheit, einem grausamen, bösen Kind glich, das Fliegen die Flügel auszupft.

Er strahlte geradezu, als er sah, daß Heather sich aufrichtete und ihm ihr tränenüberströmtes Gesicht zuwandte. Zu seiner Überraschung kam sie auf ihn zu. Sie reckte die Schultern und sah ihm in die Augen.

»Ich bin froh, daß du mich hergebeten hast«, sagte sie leise. »Ich bin froh, daß ich dich gesehen habe. Jetzt weiß ich, wie du in Wirklichkeit bist. Ich werde nie wiederkommen.«

»Dazu dürfte dir auch die Gelegenheit fehlen.«

»Bevor ich gehe«, fuhr Heather fort, »möchte ich dir nur sagen, daß ich dich verachte. Aber du tust mir auch leid. Du bist ein alter Mann. Du hast dir ein Bild von der Welt gemacht, das völlig schief und verzerrt ist. Du glaubst vielleicht, daß dir diese Begegnung Vergnügen gemacht hat, aber ich bezweifle, daß es anhalten wird.«

Diesmal schien Lord Cloverne unter der kühlen, gelassenen Verachtung des Mädchens zusammenzuzucken. Er war wütend, aber er konnte kein Wort über die Lippen bringen.

»Leb wohl, Großvater«, sagte sie verächtlich. »Das ist das erste- und letztemal, daß ich dir diesen Namen gebe. Es wird sicher nicht schwer sein, dich zu vergessen.«

Sie wandte sich ab. Der Bann schien gebrochen zu sein, denn Lord Cloverne fand seine Stimme wieder.

»Warte!« schrie er heiser.

Sie ging auf die Tür zu, ohne auf seinen Befehl zu achten.

»Komm sofort zurück!« brüllte er. »So kommst du mir nicht davon!«

Sie ignorierte ihn, aber sie begann zu zittern und fürchtete schon, die Tür nicht mehr erreichen zu können. Sie war sich nicht im klaren darüber, aber die Nachwirkung der schweren seelischen Erschütterung setzte ein und der Mut begann sie wieder zu verlassen. Sie wurde von Angst geschüttelt, als sie die Klinke niederdrückte. Im selben Augenblick, als sie die Tür öffnete, tönte aus einem anderen Teil des großen, einsamen Hauses ein lautes, donnerndes Krachen herüber.

## 4

So sehr Alan Crossley Heather Blair auch liebte, nachdem er über eine halbe Stunde am Blount Square gewartet hatte, hatte er genug. Der Nebel schien immer dichter zu werden.

Er hatte erwartet, daß Heather nach zehn oder spätestens fünfzehn Minuten zurück sein würde. Jetzt wartete er bald eine Dreiviertelstunde. Der Blount Square schien einem Totenreich anzugehören. Der Nebel verschluckte alle Geräusche. Nur von Zeit zu Zeit kamen Passanten vorbei, aber kein Auto ließ sich sehen. Der Nebel wogte in Wellen heran und blieb ständig in Bewegung. Schwaden zogen gespenstisch um den stehenden Wagen. Manchmal war die hohe Mauer des alten Friedhofs deutlich zu sehen, dann verschwand sie wieder wie hinter einem Vorhang. Einmal schien sich der Nebel ganz zu heben, so daß Alan die Fassade von Tresham House und einen Teil des Daches sehen konnte. Wenige Minuten später hüllte der Nebel wieder alles ein.

»Das hätte ich mir gleich denken können«, dachte Alan grimmig. »Was hat der alte Knabe bloß mit ihr zu besprechen? Na ja, lange kann es nicht mehr dauern!«

Er schlug den Mantelkragen hoch und zündete sich eine Zigarette an. Er sah den Nebel am Fenster vorbeiziehen, und im gleichen Augenblick tat sich eine Lücke auf und gestattete den Durchblick zur Friedhofsmauer. Alan richtete sich plötzlich auf.

Eine Gestalt sprang dort hoch und hielt sich an der Mauerbrüstung fest. Eine Sekunde danach war sie verschwunden. Alan überlegte. Hatte er das wirklich gesehen, oder spielte ihm seine Phantasie einen Streich? Die Mauer war schon wieder hinter der Nebeldecke verschwunden.

Das ist doch die Höhe, dachte Alan. So konnte er sich nicht getäuscht haben. Der Mann an der Mauer hatte sich auf die schützende Nebelhülle verlassen und nicht geahnt, daß die Schwaden für einen Augenblick aufreißen und den Blick auf ihn freigeben würden. Was trieb er nur im Friedhof?

Immerhin hatte diese Beobachtung Alans Langeweile verscheucht. Der Bursche schien nichts Gutes im Schilde zu führen. Alan stieg aus, ging zur Friedhofsmauer, sah sich nach allen Seiten um, sprang hinauf, hielt sich an den Ziegeln fest und zog sich hoch. Auf der anderen Seite ließ er sich hinunterfallen und machte sich auf die Suche.

Zwei Minuten später schalt er sich selbst einen Esel. Er stolperte in einem Wust aus Unkraut und Gras herum, stieß gegen kalte Steinquader und hatte sich sofort hoffnungslos verirrt. Im Friedhof war der Nebel beinahe zum Schneiden dick. Er lag wie eine dicke Schicht über der unbebauten Fläche. Alan konnte nur hoffen, daß ihn der Zufall zur Mauer zurückführen würde. Schon in diesen paar Minuten war ihm der Orientierungssinn völlig abhanden gekommen. Er streckte die Arme aus, um nicht unversehens gegen einen der Grabsteine zu stoßen.

Plötzlich stieg der Nebel mit überraschender Schnelligkeit in die Höhe und wich dann ganz. Der Friedhof lag vor Alan ausgebreitet, denn der kräftige Lichtschein von einer Laterne drang bis hierher. Alan konnte das Haus von Lord Cloverne deutlich sehen.

Er sah auch noch etwas anderes.

An einem der Fenster im Erdgeschoß machte sich ein Mann zu schaffen.

Aha, dachte er, da macht sich einer den Nebel zunutze, um einzubrechen. Na schön. Wir werden uns ein bißchen darum kümmern.

Er schlich leise durch das Gras zwischen den Gräbern dahin in Richtung Tresham House. Manche Mausoleen waren so groß, daß sie Miniaturhäusern glichen. Er war noch nicht weit gekommen, als der Nebel wieder herabsank und er nichts mehr sehen konnte. Er hatte sich mittlerweile aber so gut orientiert, daß er es auch jetzt wagen durfte, weiterzugehen.

Vorsichtig und lautlos setzte er seinen Weg fort. Als er das Haus fast erreicht hatte, lichtete sich der Nebel wieder ein wenig. Er konnte sehen, daß der Einbrecher mit einem Eisenstab das Fenster nach oben schob. Der Eindringling sah sich vorsichtig um, offensichtlich war ihm aufgefallen, daß der Nebel lichter geworden war, aber er bemerkte Alan nicht, der sich hinter einem Grabstein versteckte. Alan lachte in sich hinein. Jetzt hatte er eine gute Gelegenheit, dem alten Lord Cloverne zu beweisen, daß er der Richtige für seine Enkelin war! Er gedachte den Einbrecher in flagranti zu ertappen.

Alan war natürlich der Meinung, daß der Richter Heather in guter Absicht zu sich bestellt hatte. Inzwischen würde der alte Mann seine Enkelin sicher ins Herz geschlossen haben, und Alan stellte sich vor, daß die beiden bei einem Glas Sherry vor dem flackernden Kaminfeuer saßen. Heathers Charme konnte niemand widerstehen.

Als Alan das Fenster erreichte, sah er, daß es noch halb offenstand. Er schaute hinein und erkannte den flackernden Strahl einer Taschenlampe. Der Einbrecher war auf dem Weg zur Tür, und Alan mußte sich beeilen.

»Nein, Freundchen«, sagte Alan. Er sprang ins Zimmer und stürzte sich auf den anderen. Alan sah für den Bruchteil einer Sekunde ein blasses Gesicht mit wäßrigen Augen. Über das Kinn verlief eine tiefe Narbe. Dann erlosch das Licht.

Alans Faust schnellte vor, der andere stöhnte auf, setzte sich aber heftig zur Wehr.

Die beiden verbissen sich ineinander und taumelten durch das Zimmer. Alan wurde wütend. Sein Gegner hatte versucht, ihm die Finger in die Augen zu stoßen. Im letzten Moment konnte er den Kopf noch zur Seite reißen.

Der Kampf im Dunkeln ging lautlos weiter. Alan sah immer noch das blasse, narbige Gesicht vor sich.

Es endete so abrupt, wie es begonnen hatte. Die beiden ineinander verkeilten Männer prallten gegen einen großen Schrank, in dem Geschirr aufbewahrt wurde. Der Schrank kippte unter ohrenbetäubendem Krachen um, und Alan wurde von einer Schrankecke an der Schläfe gestreift. Er stürzte zu Boden. Sein Gegner benützte die Gelegenheit, um zum Fenster zu laufen.

Während Alan sich, aus der Schläfenwunde blutend, langsam aufraffte, hörte er im Innern des Hauses hastige Schritte. Dann wurde die Tür aufgerissen, und Broome stand keuchend vor ihm.

»Wer ist da?« stieß Broome hervor. Er knipste das Licht an – einen alten Gaskronleuchter, der vor dem Weltkrieg für Strom umgebaut worden war. Der Lichtschein war trüb, aber Broome sah einen jungen Mann, der sich mit Mühe hochraffte.

Bevor der Butler etwas unternehmen konnte, erschien hinter ihm Lord Cloverne, gefolgt von Heather Blair. Ein Blick in das Zimmer über Broomes Schulter überzeugte den Richter, daß seine Befürchtungen nicht unbegründet gewesen waren. Der Bursche war bestimmt Moran, der entflohene Zuchthäusler.

»Broome, nehmen Sie den Mann fest«, befahl Lord Cloverne.

»Nur langsam«, murmelte Alan. »Mich braucht man nicht festzunehmen. Ich habe mir zwar Mühe gegeben, aber der Kerl ist entwischt!«

»Alan!« rief Heather entsetzt.

Sie lief ins Zimmer und packte ihren Verlobten beim Arm, sah ihm ins Gesicht und schrie erschrocken auf, als sie die blutige Wunde bemerkte.

»Du bist verletzt!«

»Nicht schlimm, nur ein Kratzer«, meinte Alan. »Ich hatte einen Augenblick das Gefühl, daß das Haus über mir zusammengestürzt ist, aber es war nur der alte Schrank da. Tut mir leid um das Geschirr.«

Er holte ein Taschentuch hervor und betupfte sich die Schläfe. Das Schwindelgefühl war abgeflaut und als Nachwirkung machten sich Kopfschmerzen bemerkbar. Die Kopfwunde, obwohl nur ein Kratzer, blutete verhältnismäßig stark.

Lord Cloverne hatte die Szene stumm verfolgt. Offensichtlich konnte der junge Mann nicht Moran sein. Das ergab sich allein schon daraus, daß Heather ihn kannte.

»Was hat das zu bedeuten?« wollte der Lord wissen.

Heather sah ihren Großvater ungeduldig an. »Siehst du nicht, daß er verletzt ist?« zischte sie. »Das ist mein Verlobter.«

»Du lieber Himmel!«

Die Reaktion Seiner Lordschaft hatte mit Heathers Mitteilung nichts zu tun. Lord Cloverne hatte Alan plötzlich erkannt.

»Sie sind der junge Mann, der vor ein paar Tagen meine Pferde zum Stehen gebracht hat«, sagte er anklagend.

»Stimmt, Sir – aber Ihren Ton finde ich schon ein bißchen merkwürdig«, meinte Alan. »Ich habe eben verhindert, daß man Sie bestiehlt.«

»Tatsächlich!«

»Ja, ich saß in meinem Wagen und wartete auf Heather, als ich diesen Burschen über die Mauer springen sah, weil sich der Nebel für einen Augenblick gelichtet hatte«, erklärte Alan. »Ich dachte mir schon, daß er nichts Gutes im Schilde führte, und folgte ihm. Ich ertappte ihn dabei, als er mit Gewalt ein Fenster öffnete, packte ihn und versuchte ihn festzuhalten. Wenn ich nicht gegen den Schrank gestoßen wäre, hätte ich ihn vielleicht sogar überwältigen können.«

Lord Cloverne schwieg geraume Zeit. »Sie sind also der Verlobte meiner Enkelin?« sagte er schließlich. »Sie wußten, daß unser Gespräch einige Zeit dauern würde, und benutzten die Gelegenheit, um in mein Haus einzudringen.«

»Das ist ja albern!« rief Heather.

»Reg dich nicht auf«, sagte Alan. »Sie täuschen sich, Lord Cloverne«, fuhr er fort und sah den alten Mann verständnislos an. »Wie kommen Sie auf die Idee, daß ich hier einbrechen würde?«

Lord Cloverne beachtete ihn nicht. »Broome«, sagte er, »rufen Sie die Polizei.«

»Jawohl, Mylord«, antwortete der Butler gleichmütig.

»Moment mal«, fuhr Alan dazwischen. »Die Polizei hilft nun auch nichts mehr. Der Mann ist fort.«

»Tun Sie, was ich sage, Broome«, befahl der Lord.

»Ja, Mylord.«

Broome verließ das Zimmer gemessenen Schrittes.

»Du benimmst dich wirklich unmöglich«, fuhr Heather ihren

Großvater an. »Alan ist verletzt. Schau dir an, wieviel Blut er schon verloren hat. Er braucht einen Arzt.«

»Die Polizei wird sich um ihn kümmern«, gab ihr Großvater zurück. »Ich möchte Ihnen raten, in Ruhe abzuwarten. Ich bin alt und kann mich nicht verteidigen, wenn Sie es für zweckmäßig halten sollten, mich anzugreifen. Empfehlen würde ich es Ihnen nicht.«

»Na, das ist doch die Höhe«, rief Alan verblüfft. »Wollen Sie damit vielleicht sagen, daß ich hier eingedrungen bin, um Sie zu bestehlen? Darauf erübrigt sich jede Antwort!«

»Je stiller Sie sich verhalten, desto besser wird es für Sie sein«, fauchte der Lord. »Langsam verstehe ich. Sie haben selbst den Feuerwerkskörper zwischen meine Pferde geworfen – und dann hatten Sie die Unverschämtheit, so zu tun, als retteten Sie mich aus der schlimmsten Gefahr.«

Alan riß die Augen auf.

»Nicht zufrieden damit, kommen Sie auch nachts noch hierher, um mich zu bestehlen«, fuhr der alte Mann fort. »Sie kannten mein Verhältnis zu diesem Mädchen und wollten sich durch den Vorfall mit dem Feuerwerkskörper bei mir einschmeicheln. Als Ihnen das nicht gelang, gedachten Sie sich zu holen, was Sie auf andere Weise nicht bekommen konnten. Wenn Sie im Dunkeln nicht gegen den Schrank gestoßen wären, hätten Sie sogar Erfolg gehabt. Ihren angeblichen Gegner haben Sie natürlich erfunden.«

Der Gedanke war so phantastisch, so ausgefallen, daß Alan kein Wort hervorbrachte. Lord Cloverne starrte ihn durchdringend an, und Alan wußte instinktiv, daß es keinen Sinn hatte, sich zu verteidigen. Heather war jedoch gerade daran, ihrer Entrüstung freien Lauf zu lassen, als Broome mit einem Strick in der Hand erschien.

»Ich halte es für empfehlenswert, Mylord, den jungen Mann einstweilen zu fesseln«, meinte er eifrig. »Und Sie machen lieber keine Schwierigkeiten«, fügte er, zu Alan gewandt, hinzu. »Die Polizei wird gleich da sein, und es hat wenig Zweck, Ihr Heil in der Flucht zu suchen.«

Alan, den die Ereignisse zu amüsieren begannen, streckte schmunzelnd die Arme aus und ließ sich die Handgelenke zusammenbinden.

Chefinspektor Cromwell machte an diesem Abend Überstunden, und als ein Revierinspektor anrief, lauschte er voller Interesse.

»Es geht um Lord Cloverne, Mr. Cromwell«, sagte der Inspektor. »Ich habe gehört, daß Sie ihn vor Claude Moran gewarnt haben?«

»Allerdings. Wieso?«

»Scheint nicht ganz unzweckmäßig gewesen zu sein, diese Warnung«, meinte Davis. »Wir haben eben die Meldung bekommen, daß Moran in Lord Clovernes Haus eingedrungen ist und dort festgehalten wird. Der Butler, der übrigens kein großes Licht zu sein scheint, hat angerufen. Er bezweifelt, daß sie wirklich Moran erwischt haben. Ich dachte, ich sage Ihnen lieber Bescheid.«

»Haben Sie schon etwas unternommen?«

»Jawohl, Sir. Ein Funkstreifenwagen ist unterwegs.«

»Hm. Vielleicht kümmere ich mich am besten selber um die Sache«, sagte Ironsides mürrisch. »Der Alte ist wie ein Elefant im Porzellanladen. Mit dem lege ich mich ganz gerne noch einmal an.«

Er legte auf und sah Johnny Lister zwinkernd an. »Nachdem Seine Lordschaft mich so frostig behandelt hat, bin ich jetzt gerade in der richtigen Stimmung, mich mit ihm wieder einzulassen«, sagte er und griff nach seinem Mantel. »Da ist irgendeine zweifelhafte Sache mit einem Einbrecher im Gange, der sich hat erwischen lassen. Cloverne hält ihn für Moran, aber der Butler scheint sich nicht sicher zu sein. Ich sehe mir das lieber selbst an.«

»Du gehst ja nur hin, weil er dich geärgert hat und du dich revanchieren möchtest«, meinte Lister grinsend. »Sei lieber vorsichtig, Old Iron. Der Bursche hat immer noch eine Menge Einfluß.«

Cromwell zuckte die Achseln und verließ das Zimmer.

Zwanzig Minuten später stand er, begleitet von Johnny, vor Tresham House. Broome öffnete die Tür.

Alan Crossley saß mit gefesselten Händen in der Eingangshalle; sein Kopf war verbunden. Heather und Mrs. Broome hatten sich als barmherzige Samariterinnen erwiesen. Neben Alan hatte sich ein Polizeiwachtmeister aufgestellt.

Lord Cloverne hatte in einem anderen Sessel Platz genommen und sah ins Leere. Heather stand mit gerötetem Gesicht bei Alan.

»Das kommt unerwartet, Chefinspektor«, meinte Lord Cloverne, während er sich erhob. »Ich dachte, Sie hätten Wichtigeres zu tun. Weil Sie aber nun schon einmal Ihre Zeit mit Lappalien vergeuden, will ich es kurz machen. Ich übergebe Ihnen diesen Mann; er ist in mein Haus eingebrochen.«

»So ein Unsinn!« platzte Heather heraus. »Das ist Mr. Crossley, mein Verlobter. Er hat draußen in seinem Wagen auf mich gewartet. Ich bin Lord Clovernes Enkelin, und Alan wollte mich –«

»Immer mit der Ruhe, Miss«, unterbrach sie Cromwell höflich. »Alles der Reihe nach.« Er sah Alan an. »Die Meldung, die mich erreicht hat, trifft offensichtlich nicht zu. Dieser junge Mann ist keinesfalls Moran. Wie heißen Sie?«

»Crossley – Alan Crossley.«

»Sie scheinen sich verletzt zu haben?«

»Das ist nur eine Schürfwunde an der Schläfe. Ein großer Schrank hat mich beim Umkippen gestreift«, erklärte Alan. »Ich kämpfte gerade mit dem Einbrecher, als es passierte.«

»Erzählen Sie«, sagte Ironsides.

»Nein, Sir«, wies er Lord Cloverne ab, als dieser sich einmischen wollte, »ich möchte Mr. Crossleys Aussage hören.«

»Da gibt es nicht viel zu erzählen«, erwiderte Alan. »Miss Blair war heute abend mit ihrem Großvater verabredet, und ich brachte sie mit meinem Wagen hierher. Ich wartete draußen im Nebel, als ich einen Mann über die Friedhofsmauer steigen sah.«

Er erklärte in allen Einzelheiten, was er erlebt hatte.

»Als ich den Einbrecher mit einer Taschenlampe im Zimmer herumfuchteln sah, sprang ich hinein und stürzte mich auf ihn, aber er wehrte sich verzweifelt«, schloß Alan. »Das Licht erlosch sofort, und wir kämpften im Dunkeln. Daher auch der Zusammenstoß mit dem Schrank.«

»Einen Augenblick, Sir. Haben Sie den Mann sehen können, ehe das Licht ausging?«

»Nicht genau.«

»Aber Sie haben sein Gesicht gesehen?«

»Nur undeutlich und für den Bruchteil einer Sekunde. Ich hatte den Eindruck, daß es ein sehr blasses Gesicht mit wäßrigen Augen und ...«, er machte eine Pause »und – ja, mit einer Narbe am Kinn war.«

»Claude Moran«, sagte Cromwell grimmig. »Ich habe Sie gewarnt, Lord Cloverne, dieser Mann ist gefährlich. Sie konnten sich doch denken, daß er es mit einem Versuch nicht genug sein lassen würde; er nahm wohl an, daß Sie allein im Haus sein würden. Daß Sie Besuch hatten, konnte er ja nicht ahnen ...«

»Halt!« fuhr Lord Cloverne hoch. »Ich glaube diesem jungen Mann kein Wort. Warum diese Verzögerung? Warum nehmen Sie ihn nicht augenblicklich mit?«

»Weil ich ihm glaube!« fauchte der Chefinspektor. »Ich nehme Mr. Crossley nicht fest. Wachtmeister, nehmen Sie ihm diese lächerlichen Fesseln ab!«

»Jawohl, Sir«, sagte der Polizeibeamte.

Lord Cloverne zitterte vor Wut. »Ich sage Ihnen, daß dieser Mann der Einbrecher ist!« schrie er. »Ich warne Sie, Cromwell! Ich werde mich über Sie beschweren.«

»Daran kann ich Sie nicht hindern, Sir.«

»Ihre Unverschämtheit überbietet alles«, keuchte der alte Mann. »Wissen Sie überhaupt, wen Sie vor sich haben? Meine Erfahrung mit Verbrechern müssen Sie erst einmal bekommen. Ich sage Ihnen, daß dieser junge Mann hier eingebrochen ist, und verlange, daß man ihn auf der Stelle festnimmt.« Sie starrten einander grimmig an. Johnny Lister rechnete jeden Augenblick damit, daß Lord Cloverne sich auf Cromwell stürzen würde.

»Ich werde zu Ihrem Schutz diese Nacht einen Beamten am Haus stationieren«, meinte Ironsides schließlich. »Sorgen Sie dafür, daß das Fenster repariert und geschlossen wird. Mr. Crossley, kommen Sie bitte mit.«

»Warten Sie!« schrie Lord Cloverne. »Wenn Sie es für gut halten, mir um jeden Preis Schwierigkeiten zu machen, werde ich dafür sorgen, daß Sie Ihren Dienst nicht mehr lange fortsetzen.«

»Wie Sie meinen, Sir«, bemerkte Cromwell gelassen.

Er nickte Alan zu, der Heather beim Arm nahm und sie zur Tür führte.

Johnny Lister und der Wachtmeister folgten.

Lord Cloverne starrte ihnen hilflos nach, während Broome sich diskret im Hintergrund hielt.

Draußen im Freien seufzte Johnny Lister erleichtert.

»Donnerwetter! Ich dachte, er fällt dich an, Old Iron«, meinte er. »Das ist eine Type!«

»Gewiß«, sagte Ironsides. »Hier herüber, Mr. Crossley.«

Er ging zu dem geparkten Polizeifahrzeug und öffnete die Fondtür. Alan stieg ein. Heather setzte sich neben ihn. Ironsides setzte sich vorn ins Fahrzeug, und Johnny nahm am Steuer Platz.

»Sie können weitermachen, Wachtmeister« sagte Cromwell dem Polizisten, der draußen stehengeblieben war. »Melden Sie sich bei der Zentrale.« Der Beamte grüßte und verschwand im Nebel.

»So, Mr. Crossley. Bevor wir anfangen, wiederholen Sie bitte noch einmal, was Sie vorhin erzählt haben«, sagte der Chefinspektor. »Und lassen Sie bitte nichts aus.«

Alan berichtete. Als er fertig war, nickte Cromwell.

»Obwohl Sie Ihren Gegner nur ganz kurz gesehen haben, bin ich davon überzeugt, daß es sich um Moran gehandelt hat«, meinte er. »Er ist aus dem Zuchthaus ausgebrochen und gehört wirklich zu der gefährlichsten Sorte von Verbrechern. Lord Cloverne wird gut daran tun, Polizeischutz zu akzeptieren. Aber bei ihm hat es ja keinen Zweck. Moran scheint entschlossen zu sein, die alte Rechnung zu begleichen, und je früher wir ihn erwischen, desto besser wird es sein. Miss Blair – so heißen Sie doch –, am besten bringen Sie Mr. Crossley nach Hause und verbinden seine Wunde ordentlich.«

»Halb so schlimm, Mr. Cromwell«, meinte Alan. »Die Wunde wird ja nicht gleich genäht werden müssen.«

»Da bin ich mir nicht so sicher«, sagte Heather besorgt. »Vielen Dank, Mr. Cromwell. Sie waren sehr freundlich. Mein Großvater muß den Verstand verloren haben, wenn er glaubt, daß Alan in sein Haus einbrechen wollte.«

»Geben Sie mir mal die Hand, Miss«, sagte Ironsides.

Sie gehorchte erstaunt.

»Hab' ich mir gedacht – eiskalt und zittrig«, fuhr der Chefinspektor fort. »Ich verstehe nicht ganz. Mr. Crossleys Verletzung kann doch nicht einen solchen Schock bei Ihnen hervorgerufen haben. Ich möchte wissen, was zwischen Ihnen und Lord Cloverne vorgefallen ist.«

Alan öffnete die Wagentür und stieg aus, wobei er ein wenig schwankte. Cromwell bemerkte es sofort.

»Mein Wagen steht ganz in der Nähe«, sagte Alan. »Komm, Heather, ich fahre dich nach Hause.«

»Lieber nicht, Mr. Crossley«, meinte Cromwell. »Sie sollten jetzt nicht Auto fahren. Johnny, übernimm das. Miss Blair, Ihre Adresse bitte. Ich fahre Sie nach Hause.«

Alan protestierte vergebens. Kurz danach fuhren die beiden Autos langsam durch den Nebel davon. Als sie die hell erleuchtete Bayswater Road erreichten, konnten sie das Tempo beschleunigen, weil der Nebel sich dort gegen die grellen Straßenlampen nicht durchzusetzen vermochte.

Cromwell war nicht neugieriger, als es sein Beruf vorschrieb, aber Heathers Zustand gab ihm Rätsel auf. Er hätte gerne gewußt, warum das Mädchen unter den Nachwirkungen eines Schocks litt. Ihre Augen schienen Angst zu verraten.

Als die beiden Autos am Hexton Walk angekommen waren, bat Heather Ironsides und Johnny herein. Die beiden zögerten nicht. Ein paar Minuten später saßen sie in Heathers gemütlichem Wohnzimmer, und jeder hatte ein Glas vor sich stehen. Heather machte sich mit warmem Wasser, Watte und Heftpflaster an die Arbeit. Die Untersuchung der Wunde beruhigte sie.

»Sieht scheußlich aus«, meinte sie, »aber du wirst es überstehen.«

»Wir sind ja sozusagen privat hier, Miss Blair«, sagte Cromwell. »Ihre Gastfreundschaft dürften wir sonst gar nicht in Anspruch nehmen. Wenn Sie aber geneigt wären, mir zu erzählen, was zwischen Ihnen und Ihrem Großvater vorgefallen ist...« Er machte eine Pause. »Sicher, es geht mich nichts an, und ich bin auch nicht beleidigt, wenn Sie uns hinauswerfen.«

Heather, die Alans Wunde inzwischen verbunden hatte, sagte eifrig: »Aber ich will es Ihnen gern erzählen.«

»Fein«, lobte Ironsides. »Aber nur, wenn es Sie nicht zu sehr belastet. Sie scheinen in Lord Clovernes Haus nicht gerade ein angenehmes Erlebnis gehabt zu haben.«

»Vor Ihnen kann man wohl nichts verbergen«, meinte Heather

lächelnd. »Nachdem Sie dem alten Mann Widerstand geleistet und Alan nicht verhaftet haben, finde ich, daß Sie ein Recht darauf haben zu erfahren, was ich weiß.«

Sie erzählte den drei Männern von ihrem Zorn und ihrem Entsetzen über Lord Clovernes unbarmherzigen Haß.

»Er hat mich nur bestellt, um meine Mutter zu beleidigen und sich über mich lustig zu machen«, fuhr sie grimmig fort. »Er scheint nicht mehr ganz bei Sinnen zu sein. Sie hätten seine Stimme hören sollen, als er mir sagte, daß ich von seinem Vermögen nie einen Penny zu sehen bekommen würde.«

Sie erzählte weiter.

»Erbstücke, Miss?« fragte Cromwell, als Heather dieses Thema flüchtig berührte. »Er hat Ihnen gesagt, daß er sie Ihrer Mutter hinterlassen wollte, sich aber anders besann, nachdem er sie aus dem Haus gewiesen hatte?«

»Ja.«

»Und sie sollen immer noch im Haus versteckt sein«, fuhr der Chefinspektor fort. »Hat er durchblicken lassen, um was es sich dabei handelt und welche Werte zur Debatte stehen?«

»Eigentlich nicht, aber ich habe den Eindruck, daß es sich um etwas ganz Besonderes handeln muß. Er sagte, sein französischer Ahnherr, der Chevalier de Cloverne, habe sie mit nach England gebracht. Stell dir vor, Alan, ich bin französischer Abstammung.«

»Na ja, läßt sich auch ertragen«, meinte Alan lächelnd. »Ich frage mich nur, was das für ein Mensch ist, dein Großvater. Andere Leute zu quälen, scheint jetzt wohl seine einzige Beschäftigung zu sein. Wie wird so ein Mann Richter?«

»Man muß gerecht sein«, unterbrach Bill Cromwell. »Richter Cloverne war zuerst ein ausgezeichneter Anwalt – und später ein gerechter und weitsichtiger Richter. Erst in den letzten Jahren seiner Amtszeit schoß er weit übers Ziel hinaus. Das lag wohl an seinem einsamen Dasein und an der Trennung von seiner einzigen Tochter. Die dadurch entstandene Bitterkeit bekamen die Angeklagten oft genug zu spüren.«

»Ich glaube, da haben Sie den Nagel auf den Kopf getroffen, Mr. Cromwell«, meinte Alan nachdenklich. »Diese unangenehme Seite seines Charakters scheint jetzt im hohen Alter die Überhand zu gewinnen. Wenn ich mir überlege, was Cloverne Heather angetan hat, könnte ich ihn umbringen.«

»Das auszusprechen ist reichlich unklug, vor allem in Gegenwart von zwei Kriminalbeamten«, warnte Cromwell freundlich. »Bei anderen Leuten müßten Sie da schon ein bißchen vorsichtiger sein.«

»Allerdings«, sagte der junge Mann. »Ich komme immer noch nicht darüber hinweg, daß Lord Cloverne Heather nur zu sich bestellt hat, um sie zu quälen. Er muß durch und durch bösartg sein.«

Bevor Cromwell und Lister sich verabschiedeten, empfahl der Chefinspektor Heather, eine Schlaftablette zu nehmen und sich auszuruhen.

»Morgen fühlen Sie sich schon besser, Miss«, sagte Cromwell. »Lassen Sie sich von Ihrem Großvater nur nicht aus der Ruhe bringen. Er hat seinen ›Spaß‹ mit Ihnen gehabt und wird Sie wohl nicht mehr belästigen. Sie hatten doch wohl sowieso nicht damit gerechnet, etwas zu erben, nicht wahr?«

»Du meine Güte, nein«, erwiderte sie. »Bis gestern habe ich keinen Gedanken an ihn verschwendet.«

Cromwell starrte nachdenklich vor sich hin, als sie nach Scotland Yard zurückfuhren. Plötzlich begann er zu fluchen.

»Zum Teufel mit Cloverne!« sagte er. »Daß Crossleys Geschichte stimmt, merkt ja ein Blinder. Moran hatte sich Zugang zum Haus verschafft. Das wird noch allerhand Ärger geben.«

»Mit dem Alten? Na, und ob!« meinte der junge Sergeant. »Mit dem kannst du noch was erleben.«

»Meinetwegen!« knurrte Ironsides. »Wir werden ja sehen, wer dabei den kürzeren zieht.«

# 5

Am nächsten Morgen um acht Uhr frühstückten der Butler Broome und seine Frau gerade in der Küche, als die Glocke läutete. Der Butler hob den Kopf und starrte seine Frau erstaunt an.

»Seine Gnaden«, sagte er. »Was will er denn um diese Zeit?«

Der Tagesablauf in Tresham House verlief nach strengen Regeln, und seit die Broomes bei Lord Cloverne beschäftigt waren, hatte der Lord stets pünktlich um neun Uhr geklingelt, als Signal dafür, daß er um neun Uhr fünfzehn zum Frühstück zu erscheinen gedachte. Mrs. Broome sah sich den fürchterlichsten Beschimpfungen ausgesetzt, wenn sie sich auch nur um eine Minute verspätete.

»Muß wohl wegen gestern abend sein, Charles«, meinte Mrs. Broome. »Er ist ganz durcheinander. Mach dich lieber auf die Socken. Er ist nicht gerade in der freundlichsten Stimmung, wie ich ihn kenne.«

Broome zog sein Jackett an und stieg die Treppe hinauf. Lord Cloverne saß aufrecht im Bett.

»Ich habe Anweisungen für Sie, Broome«, sagte er kurz. »Der junge Bursche wird mir nicht mehr einbrechen. Ich sichere mich ab.«

Broome hüstelte. »Verzeihung, Mylord, aber halten Sie es nicht für möglich, daß der junge Mann die Wahrheit gesagt hat und Moran der Einbrecher gewesen ist?«

»Nein, Broome, das halte ich nicht für möglich«, ereiferte sich Lord Cloverne. »Behalten Sie Ihre Meinung gefälligst für sich und kümmern Sie sich um meine Befehle.«

Der Butler glaubte zu erkennen, daß nur die Bosheit aus dem alten Mann sprach. Er glaubte sicher nicht im Ernst, daß Alan Crossley der Einbrecher gewesen war. Die Tatsache, daß Crossley mit Heather verlobt war, genügte, um Lord Cloverne gegen ihn einzunehmen.

»Sie gehen zu einem Schreiner, Broome«, verlangte Lord Cloverne, »und verlangen, daß man an jedem Fenster Holzstäbe anbringt – in allen Stockwerken.«

»Wie meinen, Mylord?« fragte Broome verblüfft.

»Stellen Sie sich nicht so dumm, Broome«, fauchte der Lord. »Sie haben genau gehört, was ich gesagt habe. Das muß noch vor heute abend gemacht werden. Dem Wetterbericht zufolge wird es wieder Nebel geben.«

»Ich werde mir Mühe geben, Mylord, aber ob das rechtzeitig fertig wird, möchte ich bezweifeln«, sagte Broome. »Holzstäbe meinten Sie, Mylord?«

»Stäbe – Riegel – nennen Sie es, wie Sie wollen«, schrie Lord Cloverne ungeduldig. »Nur provisorisch, Sie Trottel. Ich lasse so bald wie möglich vor jedem Fenster Eisengitter anbringen, aber in der Zwischenzeit müssen wir uns eben mit Holzstäben behelfen. Zahlen Sie, was verlangt wird. Beeilen Sie sich. Aber erledigen Sie das nicht telefonisch, sondern gehen Sie selber hin.«

»Jawohl, Mylord.«

Broome schüttelte verwundert den Kopf, als er das Zimmer verlassen hatte. Der alte Knabe schien also doch nicht ganz frei von Furcht zu sein. Trotz seiner für Moran bekundeten Verachtung und des Vorschlags, Polizeischutz anzufordern, fürchtete er um sein Leben.

»Das schlägt dem Faß wirklich den Boden aus«, meinte Broome, nachdem er seiner Frau alles erzählt hatte. »Er scheint das große Zittern bekommen zu haben. Er weiß verdammt gut, daß Moran gestern hier eingebrochen ist und daß Mr. Crossley die Wahrheit gesagt hat. Er wäre beinahe ums Leben gekommen, als er die Pferde zum Stehen bringen wollte, und den Knallkörper kann auch nur Moran geworfen haben.«

»Ich bin froh, daß die Fenster vergittert werden«, meinte Mrs. Broome. »Genügen denn da Holzstäbe?«

»Seine Lordschaft möchte später Eisengitter anbringen lassen«, erklärte ihr Mann. »Das mit den Holzstäben soll nur provisorisch sein. Übrigens müßten sie ausreichen, wenn sie fest genug angebracht werden. Zumindest gibt das einen Heidenlärm, wenn einer einbrechen will.« Der Butler schlang nachdenklich den Rest seines Frühstücks hinunter. »Weißt du was, Edith? Ich frage mich, ob Moran nicht vielleicht von den Erbstücken weiß. Wollte er gestern nacht den Alten aus dem Weg räumen oder sich nach den Erbstücken umsehen?«

*

Als Alan Crossley an diesem Morgen kurz vor neun Uhr in der Wohnung am Hexton Walk erschien, begrüßte ihn Heather frisch ausgeschlafen.

»Mir geht es gut, Alan«, erwiderte sie auf seine Frage. »Das Erlebnis von gestern kommt mir wie ein Alptraum vor. Ich will mich davon nicht aus der Ruhe bringen lassen.«

»Gehst du heute überhaupt zur Arbeit?«

»Selbstverständlich.«

»Fühlst du dich wirklich kräftig genug?«

»Ja, freilich«, sagte sie, als er ihr einen Kuß gab. »Wenn ich mich nicht beeile, komme ich noch zu spät. Wie spät ist es auf deiner Uhr? Meine geht immer nach.«

Er sah bedauernd auf sein Handgelenk. »Meine ist weg«, sagte er.

»Weg! Du hast sie doch nicht verloren?«

»Doch, das Armband muß abgerissen sein, als ich gestern nacht mit dem Kerl gerauft habe.«

»Die schöne Uhr!« rief Heather. »Aber wenn du sie da verloren hast, muß sie doch noch in dem Zimmer liegen.« Sie machte eine Pause. »Ach du meine Güte! Du kannst ja nicht gut noch einmal dort auftauchen, oder? Aber du mußt, Alan! Dein Vater hat dir die Uhr zum einundzwanzigsten Geburtstag geschenkt. Sie ist sehr wertvoll, nicht wahr?«

»Ja. Massiv Gold – über hundertfünfzig Pfund wert, und sie geht elektrisch«, meinte Alan.

»Du kannst nicht darauf verzichten«, sagte Heather.

»Laß nur«, meinte er lachend. »Fertig? Gehen wir.«

Er lieferte Heather im Blumengeschäft ab, machte sich aber nicht auf den Weg nach Knightsbridge zu seinem eigenen Büro. Statt dessen stieg er in ein Taxi und fuhr zum Blount Square. Die Uhr war für ihn sehr wertvoll, und er gedachte sie nicht so ohne weiteres abzuschreiben.

Broome, der eben von seinem Gang zum Schreiner zurückgekommen war, öffnete die große Eingangstür und starrte den Besucher überrascht an.

»Sie, Sir!« sagte er und hob die Brauen.

»Kann ich hereinkommen?«

»Ja, Sir, wenn Sie wollen«, erwiderte Broome. »Aber halten Sie das für klug? Ich glaube nicht, daß Seine Lordschaft Sie empfangen wird...«

»Ich bin nicht gekommen, um mit Seiner Lordschaft zu sprechen«, unterbrach ihn Alan. »Ich komme zu Ihnen, Broome. Seiner Lordschaft möchte ich lieber nicht begegnen. Nur der Gedanke an sein Alter könnte mich davon abhalten, ihm an die Gurgel zu springen.«

Broome schien erleichtert zu sein. »Dann ist es ja nicht so schlimm«, meinte er. »Seine Lordschaft hat eben gefrühstückt und sich ins Arbeitszimmer zurückgezogen. Er hat es nicht gerne, wenn man ihn stört.«

Broome schloß die Tür und sah Alan an.

»Der Vorfall von gestern abend tut mir außerordentlich leid, Sir. Ich habe Sie nicht gerne gefesselt«, erklärte er. »Die Befehle Seiner Lordschaft kann ich aber nicht unbeachtet lassen. Ich bin durchaus überzeugt davon, daß Sie die Wahrheit gesagt haben, Sir.«

»Und das bringt mich zu dem Grund meines Besuches«, erwiderte Alan. »Haben Sie in dem Zimmer schon aufgeräumt?«

»Nein, Sir. Meine Frau will sich heute vormittag darum kümmern. Seit gestern nacht hat niemand mehr das Zimmer betreten.«

»Schön. Ich glaube, während der Auseinandersetzung mit dem Einbrecher meine Uhr verloren zu haben«, erklärte Alan. »Sie ist sehr viel wert, und ich wollte vorschlagen, daß Sie sich vielleicht einmal umsehen oder noch besser, mich das tun lassen.«

»Gewiß, Sir. Seine Lordschaft braucht nichts davon zu erfahren«, sagte Broome. »Ich würde Ihnen aber raten, leise zu sprechen.«

Sie betraten das Zimmer, in dem der Kampf stattgefunden hatte, und Alan besichtigte die Spuren der Rauferei. Eine genaue Durchsuchung förderte seine Uhr jedoch nicht zutage.

»Ich muß mich getäuscht haben«, meinte Alan betroffen. »Die Uhr ist nirgends zu sehen. Aber wenn ich sie hier nicht verloren habe, wo dann?«

Er schlug sich plötzlich an die Stirn. »Moment mal! Während ich den Kerl durch den Friedhof verfolgte, bin ich gegen ein paar

Grabsteine gestoßen. Bei dem Nebel konnte man ja die Hand nicht vor Augen sehen. Ich möchte wetten, daß ich die Uhr dort verloren habe.«

»Möglich wäre es, Sir.«

Alan trat ans Fenster und starrte auf den Friedhof hinaus. Der Nebel war fast völlig verschwunden, und die Sonne bemühte sich, den Novemberdunst zu durchdringen.

Der Friedhof bot keinen angenehmen Anblick und hatte auch nichts mit der Anlage eines englischen Friedhofs gemein. Französische Friedhöfe sind meist kleine Städte der Toten, mit Straßen zwischen den Grabmälern und Mausoleen. Selbst dieses Miniaturbeispiel einer französischen Totenstätte, gegen Ende des 18. Jahrhunderts angelegt, besaß seine kleinen ›Häuser‹ mit Türen und richtigen Fenstern. Durch letztere konnte man reichverzierte Altäre schimmern sehen.

Ein Mausoleum mit Marmordach erhob sich über allen anderen. Dies sei, so erklärte Broome andächtig, das Familiengrab der Clovernes, erbaut von Chevalier de Cloverne nach seiner Flucht aus Frankreich.

»Komisch«, murmelte Alan, »mir gefallen diese großen Grabmäler nicht.« Er schüttelte diese unerfreulichen Gedanken ab und besann sich auf den Zweck seines Besuches. »Vielleicht habe ich die Uhr verloren, als ich über die Mauer stieg«, meinte er. »Entweder das, oder die Uhr blieb hängen, als ich an einem der Sträucher entlangschlich. Viel Hoffnung besteht wohl nicht. Das Gras scheint seit vielen Jahren nicht mehr gemäht worden zu sein. Lieber suche ich ja eine Nadel in einem Heuhaufen.«

»Ja, Sir«, stimmte Broome zu. »Außerdem würde es Seine Lordschaft nicht gestatten, daß Sie dort suchen. Er hat wohl seine eigenen Anschauungen über den alten Friedhof. Heute wird ihm das allerdings nicht viel nützen, weil bald die Arbeiter kommen. Sie müssen in den Friedhof, weil sie auch die Fenster auf dieser Seite zu vergittern haben.«

Alan kam nicht ganz mit, aber der Butler sprach weiter, bevor er Fragen stellen konnte.

»Ich würde mich in dieser Angelegenheit nicht an Seine Lordschaft wenden«, riet Broome ernsthaft. »Wenn die Arbeiter hier sind, kann ich in den Friedhof gehen und mich umsehen. Wenn ich die Uhr finde, gebe ich Ihnen Bescheid.«

»Das ist sehr freundlich von Ihnen«, meinte Alan erleichtert. »Ich gebe Ihnen zehn Pfund, wenn Sie sie finden.«

»Sehr großzügig von Ihnen, Sir.«

Nach einem vorsichtigen Blick in die düstere Halle führte er Alan zur Haustür.

»Es tut mir leid, daß Sie sich umsonst bemüht haben, Sir, und ich hätte es auch nicht so eilig, wenn die Arbeiter nicht jeden Augenblick kommen würden«, meinte der Butler. »Ah, da sind sie ja schon«, und er öffnete die schwere Tür.

Vor dem Haus hielten zwei Lastwagen – beladen mit Holz in allen Stärken und Größen und mit ausziehbaren Leitern.

»Was soll denn das alles?« fragte Alan. Broome erklärte es ihm.

»Ach so«, sagte Alan. »Na ja, immerhin ein Trost, daß der alte Knabe einen Schrecken bekommen hat.«

In Scotland Yard besprach sich Colonel Lockhurst mit Bill Cromwell.

»Ich habe heute früh mit Lord Cloverne telefoniert, Chefinspektor«, sagte Lockhurst und blinzelte seinem Mitarbeiter zu. »Er möchte unbedingt, daß wir Sie hinauswerfen.«

»Ja, Sir, so etwas Ähnliches hat er gestern nacht auch angedeutet, nachdem ich mich weigerte, den jungen Crossley zu verhaften«, meinte Ironsides gleichmütig. »Der junge Mann sagte ganz offensichtlich die Wahrheit, und ich zweifle nicht im geringsten, daß Moran hinter der ganzen Sache steckt. Lord Cloverne sollte sich bei Crossley bedanken, statt ihm Schwierigkeiten zu machen.«

»Ich verstehe durchaus, Cromwell«, meinte der Colonel lachend. »Aber der alte Mann ist wirklich sehr schwierig. Er ist nicht einfach ein gewöhnlicher Bürger, er hat Großes geleistet. Jetzt wird er wohl schon ein wenig senil, und wir müssen ihn mit Glacéhandschuhen anfassen. Übrigens ist ein alter Ford bei Croydon gefunden worden. Vor fast zehn Tagen hat man ihn in Streatham gestohlen – kurz nach Morans Ausbruch. Normalerweise werden solche alten Fahrzeuge nicht entwendet, und die Untersuchung hat verwischte Fingerabdrücke Morans zutage gefördert. Sie erinnern sich, daß ein alter Ford zum Zeitpunkt des Vorfalls mit dem Feuerwerkskörper am Blount Square gesehen wurde. Es kann also kein Zweifel mehr daran bestehen, daß Moran damit zu tun hatte.«

»Er möchte Lord Cloverne also unbedingt an den Kragen«, meinte Ironsides.

»Ja, Chefinspektor. Ich habe auch bereits Erkundigungen eingezogen«, sagte Lockhurst. »Der Zuchthausdirektor hat mir mitgeteilt, daß Moran ein sehr schwieriger Sträfling war, und daß er nur für seine Rache an Cloverne gelebt hat. Er muß jahrelang vor sich hingebrütet haben, bis sich sein Haß zur Besessenheit gesteigert hatte. Tatsache ist, daß er gestern nacht in Clovernes Haus eingebrochen ist. Das dürfte doch wohl beweisen, daß er nicht daran denkt, die Sache auf sich beruhen zu lassen. Er wird es wieder versuchen.«

»Der alte Mann weigert sich eigensinnig, Polizeischutz anzunehmen«, sagte Ironsides. »Er will sich offensichtlich selbst schützen. Ich habe erfahren, daß er heute vormittag alle Fenster verbarrikadieren läßt. Das sieht ihm ähnlich! Glaubt er etwa, daß Holzgitter ihn vor Moran schützen können?«

»Holzgitter?« fragte Lockhurst zweifelnd. »Ich werde das zuständige Revier beauftragen, zwei Beamte zum Blount Square zu schicken, sobald Lord Cloverne seine tägliche Ausfahrt unternimmt. Und der Streifenbeamte ist angewiesen, nach Dunkelheit sein besonderes Augenmerk auf das Haus zu richten. Holzgitter, sagten Sie? Das ist doch wohl zu wenig, oder nicht?«

»Ich habe mich mit der beauftragten Firma in Verbindung gesetzt«, erwiderte Ironsides. »Lord Cloverne läßt einbruchsichere Eisengitter anfertigen, die so bald wie möglich an die Stelle der Holzvergitterung treten sollen.«

»Na, hoffentlich halten die anderen so lange«, meinte Lockhurst zweifelnd. »Lord Cloverne darf einfach nichts zustoßen, Cromwell. Er ist ein schwieriger Mensch – aber er ist eine wichtige Persönlichkeit. Die Presse würde ein schönes Theater machen, wenn Moran ihm den Kragen umdrehen würde. Wir müssen Moran finden – und zwar schnell.«

*

In den späten Vormittagsstunden war in Tresham House ein eifriges Hämmern und Sägen zu hören. Lord Cloverne hatte die Vergitterung des ersten Fensters persönlich überwacht und sich vergewissert, daß die Holzstäbe ordnungsgemäß angebracht wurden. Ohne sehr viel Lärm zu verursachen, würde es jetzt keinem Menschen mehr gelingen, sich gewaltsam Eintritt in das Haus zu verschaffen.

Der Lord kehrte in sein Arbeitszimmer zurück, zog das Telefon heran und wählte eine Nummer. Wenige Augenblicke danach sprach er mit Mr. Horace Twyford vom Anwaltsbüro Dewhurst, Jeffson und Twyford in Lindoln's Inn. Mr. Twyford war der anwaltschaftliche Vertreter Lord Clovernes – wie es vor ihm sein Vater gewesen war. Es gab weder einen Dewhurst noch einen Jeffson. Beide waren vor Jahren gestorben.

»Twyford?« sagte Lord Cloverne. »Kommen Sie sofort zu mir. Ich habe dringende Angelegenheiten mit Ihnen zu besprechen.«

»Sofort, Lord Cloverne?« erwiderte der Anwalt zögernd. »Ich bin im Augenblick sehr beschäftigt . . .«

»Was heißt hier beschäftigt!« fauchte der alte Mann. »Sie sind binnen einer Stunde bei mir, verstanden, Twyford? Binnen einer Stunde. Keine Widerrede.«

»Jawohl, Mylord«, hauchte Mr. Twyford.

Und binnen einer Stunde entstieg der Anwalt vor dem Tresham House einem Taxi. Er hatte sich gehütet, den Befehl seines Klienten zu mißachten.

Mr. Horace Twyford war ein ruhiger, dicklicher, gutmütiger Mann um die Vierzig. Er erinnerte sich nur ungern an die früheren Begegnungen mit Lord Cloverne. Der grimmige alte Mann hatte es stets verstanden, den Rechtsanwalt unter Druck zu setzen.

Broome öffnete die Tür und ließ den Besucher ein.

»Was ist denn los, Broome?« fragte Mr. Twyford. »Was geht hier eigentlich vor?« Er wies auf die Lastwagen vor dem Haus.

Broome erklärte es ihm.

»Ihr verbarrikadiert euch?« wiederholte der Anwalt erstaunt. »Ich weiß natürlich, daß Lord Cloverne neulich mit knapper Not dem Tod entronnen ist, aber solche drastischen Maßnahmen sind doch wohl kaum nötig. Na ja, er wird schon wissen, was er tut.«

Broome führte den Anwalt in das Arbeitszimmer, wo Lord Cloverne mit der Uhr in der Hand wartete.

»Gut!« sagte der alte Mann und steckte die Taschenuhr ein. »Sie sind pünktlich, Mr. Twyford. Nehmen Sie Platz. Gewisse Ereignisse zwingen mich, Ihnen unaufschiebbare Anweisungen zu erteilen. Es wird Ihnen aufgefallen sein, daß man die Fenster verbarrikadiert.«

»Allerdings«, erwiderte Mr. Twyford. »Ich muß zugeben, daß ich mich nicht wenig gewundert habe.«

»Das ist völlig überflüssig. Ein Schurke namens Moran, der kürzlich aus dem Zuchthaus ausgebrochen ist, versuchte am Guy-Fawkes-Tag, mich mit Hilfe eines Feuerwerkskörpers zu beseitigen«, erklärte Lord Cloverne. »Gestern nacht hatte er die Unverschämtheit, in mein Haus einzubrechen, und ich wäre wohl im Schlaf ermordet worden, wenn nicht ein Besucher erschienen wäre, der ihn gestört hat. Ich werde dafür sorgen, daß der Kerl keinen Zutritt zu meinem Haus findet.«

»Sie scheinen jedenfalls ausreichende Vorkehrungen zu treffen«, meinte Mr. Twyford vorsichtig.

»Für den Augenblick ja. Für später habe ich etwas Dauerhafteres vorgesehen. Nun zur Sache, Mr. Twyford. Da mein Leben offenbar in Gefahr ist, gleichgültig, wie sehr ich mich vorsehe, muß ich entsprechende Maßnahmen treffen, um sicherzugehen, daß auch im Falle meines unerwarteten Todes meinen Wünschen Rechnung getragen wird.«

»Sehen Sie da nicht etwas zu schwarz, Mylord?« wandte der Anwalt ein.

»Ich ziehe es vor, keine Risiken einzugehen. Hinsichtlich meines Vermögens sind gewisse Tatsachen zu bedenken, über die wir jetzt sprechen werden«, fuhr Lord Cloverne fort. »Ich wünsche ferner, daß Sie ein neues Testament für mich aufsetzen, dessen Details ich Ihnen nachher diktieren werde.«

Mr. Twyford lauschte erwartungsvoll. Die Verwaltung des Cloverne-Vermögens bedeutete für seine Kanzlei sehr viel, da Lord Cloverne ein reicher und einflußreicher Klient war. Seine diktatorische, arrogante Art erleichterte die Verhandlungen jedoch ganz und gar nicht. Welche Anweisungen er auch geben mochte, sie mußten buchstabengetreu – und ohne Widerspruch – ausgeführt werden.

»Unter Berücksichtigung der Möglichkeit, daß es diesem Moran gelingen könnte, mich umzubringen, wünsche ich, daß das neue Testament mir morgen um diese Zeit vorgelegt wird«, verkündete Lord Cloverne und starrte seinen Besucher durchdringend an. »Sie werden sich bei mir damit einfinden, Twyford, und auch zwei Angehörige Ihrer Belegschaft als Zeugen mitbringen. Seit gestern habe ich mich mit dieser Angelegenheit gründlich beschäftigt, so daß ich Ihnen eine Liste von gemeinnützigen Institutionen übergeben kann, durch die die Reihe der in meinem vor drei Jahren niedergelegten Testament erwähnten Erbberechtigten ergänzt werden soll.«

Mr. Twyford notierte mit, enthielt sich aber eines Kommentars.

»Gestern nacht hatte ich mit meiner Enkelin, einer jungen Dame namens Heather Blair, ein langes und interessantes Gespräch«, fuhr der alte Mann bösartig lächelnd fort. »Sie werden sich entsinnen, Twyford, daß ich früher einmal auf die Idee gekommen war, ihr einen geringen Betrag zu hinterlassen, aber ihr Verhalten gestern nacht hat meine Meinung grundsätzlich geändert. Sie bekommt nichts. Nun zu meinem Butler Charles Broome und zu seiner Frau. Der Kerl war gestern nacht unverschämt genug, eine kritische Einstellung erkennen zu lassen, die mir ganz und gar nicht gefällt. In dem alten Testament habe ich Broome und seiner Ehefrau eine Hinterlassenschaft von fünftausend Pfund zugedacht, allerdings in dem Glauben, daß Broome ein loyaler und treuer Diener sei. Ich darf jetzt wohl sagen, daß er sich als nicht zuverlässig erwiesen hat. Weder er noch seine Frau erhalten auch nur einen einzigen Penny.«

»Aber Lord Cloverne . . .«

»Ja?« fauchte der Alte.

»Nichts«, sagte Mr. Twyford, »nichts, Mylord.«

»Übrigens habe ich Broome mehrfach dabei ertappt, daß er sich an meinem Weinkeller zu schaffen gemacht hat«, fuhr der Richter fort. »Solche Unehrlichkeiten dulde ich nicht.«

Mr. Twyford raffte sich wider besseres Wissen zu einem Protest auf. »Das sind aber doch nur Kleinigkeiten, Mylord...« Er machte eine Pause, betroffen von seiner eigenen Kühnheit. »Ich meine, welcher Butler verschafft sich nicht Zugang zum Weinkeller seiner Herrschaft!«

»Bei mir gibt es so etwas nicht«, gab Lord Cloverne unbeugsam zurück. »Broome wird in meinem neuen Testament nicht bedacht. Ebensowenig meine Enkelin.«

»Wenn Sie andere Verwandte haben, Mylord...«

»Ich habe keine«, unterbrach ihn der Lord mit einer geringschätzigen Handbewegung. »Kommen Sie, wir vergeuden kostbare Zeit. Notieren Sie meine Anweisungen und achten Sie darauf, daß nichts übersehen wird.«

Der Anwalt kniff die Lippen zusammen, widersprach jedoch nicht. Der Klient hatte immer recht, noch dazu, wenn er über ein solches Vermögen verfügte. Man konnte nichts anderes tun, als sich zu beugen – das hatte auch Mr. Twyfords Vater in langen Jahren geschäftlicher Verbindung mit dem exzentrischen Lord erfahren müssen.

Die nächste Stunde verbrachte Mr. Twyford damit, die Instruktionen seines Klienten aufzuschreiben. Dann lehnte sich Lord Cloverne müde, aber mit zufriedenem Gesicht zurück.

»Ich glaube, das müßte genügen, Twyford«, sagte er. »Kommen Sie morgen vormittag mit allen Unterlagen und vergessen Sie die beiden Zeugen nicht.«

Der Anwalt unterdrückte mit Mühe seinen Ärger. Ein Blick auf Lord Cloverne sagte ihm, daß da mit Vernunftgründen nichts auszurichten war.

6

Am nächsten Vormittag, kurz vor zehn Uhr, war der Blount Square Schauplatz eines seltsamen Vorgangs. Es war windstill und kalt, und in vielen Winkeln hielt sich immer noch der Nebel – nun schon seit Tagen.

Die wenigen Passanten auf dem Platz waren höchst erstaunt, als sich die große Eingangstür zum Tresham House öffnete und den Blick auf einen stämmigen, älteren Mann in der würdevollen Kleidung eines Butlers freigab, der offenbar halb von Sinnen zu sein schien.

»Hilfe! Polizei!« brüllte Broome heiser. Seine Frau tauchte hinter ihm auf, von einem hysterischen Weinkrampf geschüttelt.

Zwei Passanten liefen zum Haus und stützten Broome.

»Immer mit der Ruhe«, sagte der eine. »Was gibt's denn?«

»Die Polizei holen!« keuchte Broome außer Atem. »Seine Lordschaft – tot – ermordet.«

»Donnerwetter!« entfuhr es dem anderen Passanten.

»Polizei!« schrie Broome. »Holt die Polizei! Es ist entsetzlich! Ich habe noch nie etwas so Schreckliches gesehen! Er ist tot! Der alte Mann ist tot!«

Der Butler wiederholte diese Sätze unablässig, während Mrs. Broome zu schreien begann. Immer mehr Leute kamen heran – und schließlich tauchte ein Polizist auf. Er rannte nicht, denn das verbat ihm seine Würde, aber wenigstens beschleunigte er seine Schritte.

»Na, na –«, sagte er streng. »Was soll denn das? Kann denn niemand die Frau beruhigen?«

Der Anblick der Uniform ließ Broome seine Fassung wenigstens teilweise wiedergewinnen.

»Gott sei Dank!« stieß er hervor. »Seine Lordschaft ist tot! Ermordet! Kommen Sie herein!«

»Nur langsam«, sagte der Polizist gelassen. »Sie meinen Lord Cloverne, nicht wahr? Er ist tot? Wie ist er denn ums Leben gekommen?«

»Sehen Sie selbst!« Broome begann am ganzen Körper zu zittern und schien einem Zusammenbruch so nahe, daß der Polizist ihn bei den Armen ergriff und ins Haus schob. Mrs. Broome folgte den beiden und sank in den nächsten Sessel.

»Oben – im Schlafzimmer Seiner Lordschaft«, murmelte Broome. Der Polizist ließ sich nicht drängen. Er ließ Broome unten an der Treppe stehen, während er zur Eingangstür ging und sie vor den Nasen der Neugierigen schloß. Als er zur Treppe zurückkam, schien sich Broome einigermaßen gefaßt zu haben.

»Also los!« sagte der Polizist. »Führen Sie mich hinauf.«

Sie stiegen gemeinsam nach oben. Am ersten Treppenabsatz, der durch ein verbarrikadiertes Fenster nur schwach erleuchtet war, ging der Butler den breiten Korridor entlang. An einer offenen Tür blieb er stehen.

»Hier – hier!« flüsterte er heiser.

Beim Eintritt in das Schlafzimmer blieb auch der Polizeibeamte erschrocken stehen und konnte nur mit Mühe einen Ausruf unterdrücken.

Lord Cloverne, den hageren Körper von einem altmodischen Nachthemd bedeckt, hing an einem kurzen Strick von einem Haken in der hohen Decke, der einmal eine Hängelampe getragen hatte. Was den Anblick so besonders schrecklich machte, war jedoch der Hermelin um die Schultern des Toten – und das schwarze Tuch auf dem weißhaarigen Kopf.

»Unglaublich!« murmelte der Polizeibeamte.

Ein Blick auf das faltige Gesicht mit den hervorgetretenen blicklosen Augen und der angeschwollenen Zunge genügte, um zu erkennen, daß Lord Cloverne tot war, vermutlich schon seit Stunden. Der Polizist nahm sich zusammen und trat näher. Er sah, daß an der Brust des Toten mit einer Stecknadel ein Stück Karton befestigt war, auf dem mit Großbuchstaben geschrieben war: DER GALGENRICHTER. Dieses zynische Etikett allein genügte, um zu zeigen, daß hier ein Mord geschehen war. Außerdem gab es in der Nähe keinen Stuhl, den ein Selbstmörder wegzustoßen in der Lage gewesen wäre. Das große, altmodische Bett stand in der anderen Ecke.

Lord Cloverne war erhängt worden – so, wie er viele Mörder zum Tode durch den Strang verurteilt hatte.

»So etwas ist mir noch nicht vorgekommen!« sagte der Polizeibeamte. »Jetzt hat es ihn doch erwischt!«

Er verließ das Schlafzimmer und wandte sich an Broome, der zitternd an der Wand lehnte.

»Kommen Sie mit hinunter, Mister, und trinken Sie einen Schluck. Ich könnte auch einen vertragen, wenn ich nicht im Dienst wäre. Haben Sie Telefon im Haus?«

»Ja.«

»Kommen Sie.«

Drei Minuten später standen sie in Lord Clovernes Arbeitszimmer. Broome füllte ein Glas mit Whisky, während der Polizeibeamte telefonierte.

Chefinspektor Bill Cromwell und Sergeant Johnny Lister erschienen zwanzig Minuten später. Vom Polizeirevier aus war sofort Scotland Yard verständigt worden. Sowohl der Name des Toten als auch die Vertrautheit Cromwells mit den Verhältnissen ließen es geraten erscheinen, den Fall sofort an Scotland Yard abzugeben.

Cromwell war trotz allem erstaunt gewesen. Selbst er hatte nicht mit einer solch dramatischen Entwicklung gerechnet. Als er in Lord Clovernes Schlafzimmer stand und den Toten anstarrte, zogen sich seine Brauen zusammen.

»Kaum zu glauben, Johnny«, meinte er. »Der Mörder muß das alles genau geplant haben.«

»Die Tür ist unbeschädigt, und die Holzvergitterung am Fenster zeigt keine Spuren«, stellte der Sergeant fest. »Glaubst du wirklich, daß es Moran gewesen ist, Old Iron?«

»Es ist noch zu früh, sich darüber Gedanken zu machen«, erwiderte Cromwell. »Was mich besonders stört, sind diese Anzeichen eines makabren Humors. Der Hermelin, die schwarze Kopfbedeckung, das ist wirklich widerlich.«

»Genau auf Morans Linie«, sagte Johnny. »Vergiß nicht, daß er sich jahrelang darauf vorbereitet hat.«

»So früh darf man noch keine Theorien aufstellen«, meinte Cromwell. »Spurensicherungsdienst und Arzt werden gleich da sein. Vielleicht lassen sich doch einige Hinweise finden, wenn alles genau überprüft wird.«

»Da sind sie schon«, meinte der Sergeant, als er im Korridor Schritte hörte. Er hatte recht. Cromwell unterhielt sich ein paar Minuten mit den Beamten, dann wandte er sich zum Gehen. »Meldet euch sofort, wenn ihr fertig seid«, sagte er. »Ich möchte vor allem wissen, wie der Mörder ins Haus gelangt ist – und dann knöpfe ich mir gleich als erstes den Butler vor. Wenn ihr etwas findet, dann sagt mir sofort Bescheid.«

Broome, der sich inzwischen mit Hilfe mehrerer Whiskys wieder erholt hatte, erzählte eifrig.

»An allen Fenstern sind Holzgitter«, berichtete er erregt. »Erst gestern angebracht. Und was haben sie genützt? Ich habe mich umgesehen, während ich auf Sie gewartet habe, Sir, und ich weiß jetzt, wie der Mörder hereingekommen ist.«

»Wirklich?« sagte Cromwell. »Zeigen Sie's mir.«

»Jawohl, Sir.«

Broome führte die beiden nach oben und ging mit ihnen den Korridor auf der anderen Seite von Lord Clovernes Schlafzimmer entlang. Er betrat eine kleine Kammer, die seit langem nicht mehr benützt worden war, und ging zum Fenster. Es war sehr schmal und führte auf den Friedhof hinaus.

»Hier, Sir«, sagte Broome.

Das Fenster stand offen, das Holzgitter war herausgebrochen. Cromwell steckte den Kopf hinaus, wobei er darauf achtete, nichts zu berühren. Er fluchte, als er am Haus eine Leiter angelehnt sah.

»Wie kommt diese Leiter hierher?« fragte er den Butler zornig. »Lord Cloverne gibt sich alle Mühe, das Haus zu sichern, und dann braucht jemand nur die freundlicherweise zurechtgestellte Leiter zu benützen!«

»Das waren die Arbeiter, Sir«, erklärte Broome. »Sie müssen sie gestern nacht vergessen haben. Sie wurden erst nach Einbruch der Dunkelheit fertig und müssen wohl eine der Leitern liegengelassen haben. Etwas anderes kann ich mir nicht vorstellen, Sir. Ich habe sie jedenfalls nicht gesehen, nachdem die Arbeiter weg waren. Es war gestern nacht sehr neblig, wie schon die ganze Woche.«

»Diese Leute lassen also eine Leiter liegen, damit der Mörder mühelos hinaufsteigen kann«, sagte der Chefinspektor ironisch.

Er verstummte. In diesem Augenblick war vor dem geöffneten Friedhofstor ein Lastwagen vorgefahren; zwei Arbeiter sprangen herunter und betraten den Friedhof.

»Moment mal da unten«, rief Cromwell hinunter. »Polizei. Warten Sie.«

Er eilte hinunter, verließ das Haus und schritt auf die beiden Männer zu, die vor dem Friedhof warteten.

»Niemand darf hier rein«, sagte Ironsides.

»Wieso denn, was ist los?« fragte einer der Männer erstaunt.

»Das werde ich Ihnen gleich sagen«, fuhr Ironsides ihn an. »Ich bin Chefinspektor Cromwell von Scotland Yard. Lord Cloverne ist ermordet worden – durch eure Nachlässigkeit. Warum habt ihr gestern nacht eine Leiter hier liegen lassen?«

»Was?« fragte der Arbeiter entgeistert. »Lord Cloverne ist ermordet worden? Das ist doch wohl nicht möglich. Gestern abend...«

»Lassen Sie doch den Unsinn!« unterbrach ihn Ironsides. »Der Mörder ist durch ein Fenster im ersten Stock hereingekommen, trotz der Holzvergitterung und mit Hilfe einer Leiter, die ihr ihm zur Verfügung gestellt habt.«

»Wir haben wirklich keine Ahnung«, protestierte der Mann. »Wir haben die Leitern auf den Lastwagen geladen, und weil es schon so dunkel war, müssen wir eine übersehen haben. Kein Wunder bei dem Nebel. Beim Abladen ist es uns aufgefallen, und jetzt wollten wir sie holen.«

»Die Polizei wird eure Firma verständigen, sobald die Leiter abgeholt werden kann«, sagte Cromwell. »Zunächst bleibt sie hier.«

Er schickte die Arbeiter fort und runzelte die Stirn, als sich sein Blick auf das alte verrostete Tor richtete.

»Hilf mir mal, Johnny«, sagte er.

Sie hatten große Mühe, das Tor zu schließen, weil es seit Jahren nicht mehr benützt worden war. Die Torflügel waren in den Angeln durchgerostet, und Cromwell nahm sich vor, Auftrag zur Sicherung des Zugangs zu erteilen.

Als er das Haus wieder betrat, sah er Broome in der Halle stehen. Der Butler schien immer noch nicht ganz zu sich gefunden zu haben.

»Nehmen Sie sich zusammen, Broome«, sagte der Chefinspektor. »Sie waren es doch, der Lord Cloverne gefunden hat?«

»Jawohl, Sir.«

»Erzählen Sie mir alles hübsch der Reihe nach.«

»Seine Lordschaft hat jeden Tag um neun Uhr geläutet, und meine Frau mußte um neun Uhr fünfzehn das Frühstück bereit haben«, erklärte Broome. »Heute morgen war er nicht wie gewöhnlich im Speisezimmer. Wir warteten eine Weile, aber er kam nicht. Zuerst dachten wir, daß ihn die Ereignisse von gestern doch ein bißchen mitgenommen hätten. Als es dann fast zehn Uhr wurde, und er immer noch nicht auftauchte, ging ich hinauf und klopfte an der Tür zu seinem Schlafzimmer. Als sich nichts rührte, klopfte ich noch einmal, öffnete die Tür und schaute hinein.« Das Gesicht des Butlers verzerrte sich. »Hoffentlich muß ich so etwas nie wieder erleben, Mr. Cromwell. Da hing Seine Lordschaft . . .«

»Schon gut. Regen Sie sich nicht auf. Es muß wirklich ein Schock für Sie gewesen sein.«

»Ich rannte dann hinunter wie ein Wahnsinniger«, keuchte Broome. »Ein Wunder, daß ich mir nicht den Hals gebrochen habe.«

»Sie haben im Schlafzimmer nichts angerührt?«

»Angerührt? Nein, ganz bestimmt nicht!« beteuerte Broome. »Ich lief hinunter, riß die Tür auf und rief um Hilfe. Als ein Polizist kam . . .« Er machte eine Pause. »Verzeichung, Sir, es hat geläutet.« Mit einer Spur seiner früheren Würde ging Broome zur Tür, um zu öffnen. Drei Männer in dunklen Anzügen standen vor ihm – Mr. Horace Twyford und zwei seiner Angestellten. Sie betraten das Haus, und der Anwalt blieb überrascht stehen, als er Bill Cromwell und Johnny Lister sah.

»Ist etwas passiert?« fragte er ruhig. »Das sind doch Polizeifahrzeuge draußen?«

»Ja, Sir, allerdings«, sagte Cromwell. »Sie heißen?«

»Horace Twyford, und ich habe dringende Geschäfte mit Lord Cloverne«, erwiderte Mr. Twyford, der sich über die barsche Art des Chefinspektors ärgerte. »Ich bin Lord Clovernes Anwalt und komme auf seinen ausdrücklichen Wunsch.«

»Tut mir leid, Mr. Twyford, ich habe schlechte Nachrichten für Sie«, sagte Ironsides. »Lord Cloverne ist tot.«

»Um Gottes willen!« rief der Anwalt. »Tot? Entsetzlich! Wie ist es passiert? Wann? Bates! Wilson!« Er wandte sich an seine beiden Angestellten. »Sie werden nicht gebraucht und können ins Büro zurückgehen. Und Sie, Sir?« fuhr er fort und wandte sich an Ironsides, »wer sind Sie?«

Er sank in einen Sessel, als die beiden Angestellten sich nach kurzem Zögern davonmachten. Cromwell hielt sie nicht auf.

»Dieser Unsinn mit den Barrikaden vor den Fenstern muß den alten Herrn sehr mitgenommen haben«, meinte Mr. Twyford, nachdem Cromwell sich vorgestellt hatte. »Für sein Herz war das wohl zuviel.« Er sah den Chefinspektor unsicher an. »Ich habe hier in meiner Aktentasche den Entwurf eines neuen Testaments, das Seine Lordschaft heute vormittag unterschreiben wollte. Es ist wirklich unangenehm ...«

Er verstummte plötzlich, als sei ihm etwas eingefallen. »Sagten Sie ›Chefinspektor‹?« fragte er scharf. »Moment mal – warum interessiert sich Scotland Yard für Lord Clovernes Tod? Ist er denn nicht auf natürliche Ursachen zurückzuführen?«

»Lord Cloverne ist auf brutale und spektakuläre Weise ermordet worden«, erklärte Ironsides. »Bisher deutet alles darauf hin, daß ein ausgebrochener Zuchthäusler namens Moran, der Lord Cloverne haßte, die Tat begangen hat. Trotz Lord Clovernes Vorsichtsmaßnahmen gelang es Moran, gestern nachts ins Haus einzudringen. Broome, Sie holen wohl besser etwas Kognak.«

Mr. Twyford machte ein Gesicht, als brauche er dringend ein Belebungsmittel. Er saß in dem Sessel, hielt die Aktentasche umklammert und sagte erschüttert: »Als ich gestern das Haus verließ, Mr. Cromwell, hatte ich schon kein gutes Gefühl. Mir waren Lord Clovernes Anweisungen zuwider. Ich hielt sie für außergewöhnlich hartherzig und bösartig. Aber Sie kannten Seine Lordschaft nicht ...«

»Doch, Mr. Twyford, ich habe ihn gekannt«, unterbrach ihn der Chefinspektor grimmig. »Daß die Instruktionen nicht Ihre Billigung gefunden haben, wundert mich keineswegs. Sie betrafen doch sicher seine Enkelin, Miss Heather Blair. Ich glaube, wir sollten uns in Ruhe unterhalten, Sir.«

Er führte Mr. Twyford in das große Speisezimmer mit dem schweren, altmodischen Mobiliar; im Kamin flackerte ein Feuer.

Broome hatte Kognak in einen Schwenker gegossen. Twyford schlürfte ihn dankbar.

»Sie müssen entschuldigen, Mr. Cromwell«, sagte er. »Ich bin sehr schockiert. Ich brachte die beiden Angestellten auf Lord Clovernes Anweisung mit, weil sie seine Unterschrift auf dem neuen Testament bezeugen sollten. Ich kann es noch gar nicht fassen. Sie sagen, daß Seine Lordschaft auf außerordentlich brutale Weise ermordet worden sei. Darf ich fragen . . .«

Er lauschte mit wachsendem Entsetzen, als der Chefinspektor erzählte, wie Lord Cloverne ums Leben gekommen war.

»Das ist ja furchtbar!« stieß Twyford hervor, nachdem er sich wieder am Kognak gelabt hatte. »Dieser Moran muß ja ein Wahnsinniger sein.«

»Wir haben keine Beweise dafür, daß Moran wirklich der Mörder ist«, meinte Cromwell achselzuckend. »Es gibt auch noch andere Verbrecher, die Lord Cloverne gehaßt haben. Die Tatsache, daß er sich durch die Gitter zu schützen versuchte, mag die Aufmerksamkeit eines alten Feindes auf ihn gelenkt haben, der die Gelegenheit nützte. Wir haben mit der Untersuchung eben erst begonnen.«

»Ich verstehe«, sagte der andere kopfschüttelnd. »Ich habe Lord Cloverne darauf hingewiesen, daß Holzstäbe vor den Fenstern kein ausreichender Schutz sind. Aber er ist ja nicht zu überzeugen.« Er verstummte. »Du lieber Gott, ich spreche von ihm in der Gegenwart. Man kann es noch kaum fassen, daß er tot ist.«

»Ich möchte den Inhalt des neuen Testaments gerne kennenlernen«, sagte Cromwell. »Auf Ihre Schweigepflicht werden Sie sich nicht berufen können. Wir untersuchen einen Mordfall, und der Inhalt des Testaments könnte von Bedeutung sein.«

»Das kann ich mir eigentlich nicht vorstellen«, meinte der Anwalt vorsichtig. »Aber hier haben Sie das Testament, lesen Sie es selber. Das Vermögen ist sehr groß, weil er seine Gelder mit großem Verstand angelegt hat. Der Großteil seiner Hinterlassenschaft geht an gemeinnützige Institutionen, vor allem auch auf juristischem Gebiet. Es wird wohl ein paar Wochen dauern, bis ich alle Unterlagen für das Nachlaßgericht fertig habe. Eigentlich war mein vor zwei Jahren verstorbener Vater Lord Clovernes Berater. Ich muß mich da erst durcharbeiten.«

Ironsides sah ungeduldig von dem komplizierten Dokument auf. »Verwandte?« fragte er kurz.

»Nur eine. Miss Blair, seine Enkelin. Sie bekommt keinen Penny.«

»Sonstige Zuwendungen?«

»Keine.«

»Nicht einmal für seine Dienerschaft?«

»Lord Cloverne hat mich sehr überrascht, als die Sprache auf seinen Butler und seine Haushälterin kam, Mr. und Mrs. Broome«, sagte Mr. Twyford. »Sie traten vor über einem Jahrzehnt in seinen Dienst und haben ihm, soviel ich weiß, wirklich treu und ehrlich gedient. Ich hielt es für mehr als ungerecht, daß er sie wegen einer Kleinigkeit aus dem Testament herausgenommen hat. Aber Widerspruch war bei Seiner Lordschaft ja nicht möglich.«

»Das kann ich Ihnen bestätigen, Mr. Twyford«, sagte Cromwell. »Sie sagen, die Broomes wurden herausgenommen? Heißt das, daß ihnen in einem früheren Testament ein Betrag zugedacht war?«

»Gewiß. Lord Cloverne machte vor drei Jahren ein Testament, das noch mein Vater entworfen hat«, erwiderte der Anwalt. »Ich habe es mir gestern angesehen. Wie schon erwähnt, hatte ich wenig Gelegenheit, mich mit Lord Clovernes Angelegenheiten zu befassen, weil er nach dem Tod meines Vaters nicht mehr um meinen Rat gebeten hat. Er präsentierte mir gestern zu meiner Verwunderung dieses neue Testament, und ich wollte es mit dem alten vergleichen.«

»Das jetzt allein gültig ist?«

»Selbstverständlich, denn das neue Testament ist ja nicht unterschrieben.«

»Welche Veränderungen haben sich ergeben?«

»Zusätzlich sind noch ein paar gemeinnützige Institutionen aufgeführt, und die Enkelin, Miss Blair, wird in dem Testament, das Sie in Händen haben, nicht mehr erwähnt. In dem alten Testament ist für sie auch kein Geldbetrag enthalten, aber es befindet sich darin ein seltsamer Hinweis auf gewisse Erbstücke, worüber ich mich sehr gewundert habe«, erklärte Mr. Twyford kopfschüttelnd. »Ich weiß überhaupt nichts von diesen sogenannten Erbstücken. In einer Klausel ist lediglich aufgeführt, daß seine Enkelin die Cloverne-Erbstücke haben kann, wenn sie Verstand genug besitzt, sie zu finden. Eine recht ungewöhnliche und für mein Gefühl unpassende Klausel.«

»Dazu kann ich Ihnen eine Erläuterung geben, Sir«, sagte der Chefinspektor. »Vor zwei Tagen wurde Miss Blair zu Lord Cloverne gerufen. Er scheint sie nur zu sich geholt zu haben, um sie zu beleidigen und ihr mitzuteilen, daß sie keinen Penny erhalten würde. Die junge Dame erzählte mir von dem Gespräch. Lord Cloverne bezog sich mehr als einmal auf die berühmten ›Cloverne-Erbstücke‹, wobei er immer wieder darauf hinwies, daß sie im Haus versteckt seien. Offensichtlich kann Miss Blair Anspruch darauf erheben, wenn man sie jemals finden sollte.«

»Ich finde es äußerst betrüblich, daß sich ein Mann von Lord Clovernes Intelligenz und Ruf auf ein derart schäbiges Niveau begibt«, meinte der Anwalt. »Die Abwicklung seines Nachlasses wird mich noch eine Menge Arbeit kosten.«

»Und die Zuwendung für die Broomes?« fragte Ironsides. »Im neuen Testament fällt sie also fort?«

»Ja, und für die beiden ist es ein Glück, daß dieses neue Testament nicht unterzeichnet werden konnte«, meinte Mr. Twyford. »Den alten Verfügungen zufolge erhalten sie fünftausend Pfund. Ich kann mich des Gefühls nicht erwehren, daß Lord Cloverne, vielleicht infolge seines hohen Alters, geistig doch etwa nachgelassen haben muß. Er wollte diese treuen Leute nur deswegen nicht mehr bedenken, weil Broome es gewagt hatte, eine Meinung zu vertreten, die Seiner Lordschaft nicht paßte. Er war auch erzürnt, weil Broome sich an den Weinen Seiner Lordschaft vergriffen hatte. Ich bitte Sie! Ausgesprochene Lappalien! Lord Cloverne hat sich da meines Erachtens sehr ungerecht und kindisch gezeigt. Es freut mich nun doch, daß die Broomes die Zuwendung erhalten.«

Cromwell nickte nachdenklich.

»Gut, daß wir miteinander sprechen konnten, Mr. Twyford«, sagte er. »Nehmen Sie das Dokument wieder an sich und verwahren Sie es gut. Ebenso alle anderen Unterlagen, die Lord Cloverne von Ihnen verlangt hat. Es kann sein, daß sie im Laufe der Untersuchungen noch gebraucht werden.«

»Ja, selbstverständlich«, erwiderte der Anwalt und steckte das Testament wieder in seine Aktentasche. »Wenn ich Ihnen in irgendeiner Weise behilflich sein kann, Mr. Cromwell, brauchen Sie sich nur an mich zu wenden. Ich stehe immer zu Ihren Diensten.«

»Merkwürdig, Johnny«, sagte Cromwell, als sie allein waren.

»Der alte Mann scheint nicht alles so hinterlassen zu haben, wie man es sich vorstellen würde. Kein Wunder, daß Mr. Twyford entgeistert ist. Aber das ist seine Sorge. Wozu hat man schließlich Anwälte.« Er runzelte die Stirn. »Hör zu, du machst dich wohl am besten gleich auf den Weg und verständigst Heather Blair. Du weißt ja, wo sie arbeitet. Das hat sie uns gestern gesagt. Je früher sie von der Sache erfährt, desto besser. Ich möchte nicht, daß sie es in der Zeitung liest. Bring ihr bei, daß ihr Großvater gestorben ist – aber schonend.«

Johnny Lister lächelte. »Ich habe nicht das Gefühl, daß sie vor Leid umkommen wird, wenn sie die Neuigkeit hört«, meinte er. »Sie wird natürlich überrascht sein, aber ich kann mir nicht vorstellen, daß sie in Tränen ausbricht.«

Er verließ das Haus. Cromwell machte sich auf die Suche nach Broome.

Er stieg in das Souterrain hinunter. In der Küche fand er Mrs. Broome beim Backen. Ihr Mann war nicht anwesend, und Cromwell betrachtete erstaunt einen verschlagen aussehenden jungen Mann, der sich in seinem Sessel lümmelte. Cromwell glaubte, diesen Typ zu kennen, und es wunderte ihn, daß er hier Eingang fand.

»Wo ist Ihr Mann, Mrs. Broome?« fragte der Chefinspektor. »Und wer ist das hier?«

Mrs. Broome sah auf. »Sie finden meinen Mann im Speisezimmer«, erwiderte sie. »Ich mache gerade etwas zu essen. Das Leben geht ja weiter, gleichgültig, was auch passiert.« Sie warf einen Blick zu dem jungen Mann hinüber. »Das ist Bert, Sir, Bert Walters, mein Neffe. Er wollte mir nur schnell guten Tag sagen und mich ein bißchen trösten. Ich habe mich ja so aufgeregt.«

Cromwell sah Bert Walters an und konnte sich nicht vorstellen, daß jemand seine Anwesenheit als Trost betrachtete. »Seine Lordschaft hat natürlich nichts davon gewußt, daß Bert uns besuchte«, fuhr Mrs. Broome fort. »Er hätte es nicht erlaubt. Bert ist vor zehn Minuten erst gekommen, und die Nachricht hat ihn sehr erschüttert.«

»Ich bin ganz durcheinander, Sir«, meinte Bert. Man sah ihm die Erschütterung aber nicht an. Er sog lässig an seiner Zigarette und erwiderte Cromwells Blick ohne Verlegenheit.

Ironsides verließ die Küche und ging ins Speisezimmer.

Als er eintrat, sah er, daß Broome auf einem Stuhl saß und sich ungeschickt den linken Zeigefinger verband. Der Butler hob den Kopf und riß die Augen auf.


7

»Brauchen Sie Hilfe?« fragte Cromwell freundlich und sah erstaunt, daß Broome zu zittern begann.

»Es geht schon, Sir«, antwortete er hastig. »Nur eine Schnittwunde. Vielen Dank, Sir. Wenn Sie hier einen Knoten machen würden ... ekelhaft, diese Sardinenbüchsen.«

»Man muß eben aufpassen.«

»Ich bin heute zu nichts zu gebrauchen«, fuhr der Butler fort. »Meine Frau hat mich gebeten, die Sardinenbüchse aufzumachen, aber der Öffner ist mir abgerutscht, und ich habe mich in den Finger geschnitten.«

Cromwell ging der Sache nicht nach. Der Verband an Broomes Finger war ihm schon vorher aufgefallen, aber er hatte sich wenig dabei gedacht.

»Nur noch ein paar Fragen, Broome. Der Mann, der gestern hier eingebrochen ist, hat, wie Sie wissen, die vergessene Leiter benützt.«

»Sehr praktisch, diese Holzgitter«, meinte Broome sarkastisch. »Ich habe Seine Lordschaft darauf aufmerksam gemacht, aber er hörte ja nicht auf mich.«

»Als der Eindringling das Holzgitter entfernt hat, muß er ziemlich viel Lärm verursacht haben«, fuhr Cromwell fort. »Haben Sie oder Ihre Frau in der Nacht nichts gehört? Wo befindet sich denn Ihr Schlafzimmer?«

»Sehr weit weg, Sir. Im gleichen Stockwerk zwar, aber auf der anderen Seite. Meine Frau und ich konnten gar nichts hören. Sie wissen ja, das Haus ist groß.«

»Das weiß ich. Überlegen Sie mal, Broome. Sind Sie ganz sicher, daß Sie nichts gehört haben?«

»Wir haben keinen Krach gehört«, erwiderte Broome. »Aber da fällt mir etwas ein, was doch ein bißchen merkwürdig ist, wenn ich es mir recht überlege.«

»Schießen Sie los.«

»Nun, irgendwann heute nacht, Sir . . .«

»Um welche Zeit?«

»Das kann ich wirklich nicht sagen. Es kann ein Uhr oder auch zwei Uhr gewesen sein.« Broome runzelte die Stirn. »Jedenfalls lange, nachdem wir das Licht ausgemacht hatten. Meine Frau weckte mich und sagte, sie hätte die Glocke läuten hören. Sie glaubte, es habe jemand an der Haustür geläutet.«

»Haben Sie das auch gehört?«

»Nein, Sir. Sie sagte, es habe aufgehört, kurz bevor ich wach geworden sei. Ich hatte das Gefühl, daß sie es geträumt haben mußte. Aber sie blieb dabei. Sie schwor Stein und Bein, sie habe es läuten hören, und ich solle aufstehen.«

»Haben Sie das getan?«

»Nein, Sir. Wer sollte bei uns mitten in der Nacht läuten, das ist doch albern. Ich horchte eine Weile, aber alles blieb still.« Broome hob die Schultern. »Ich kann mir nicht vorstellen, daß der Mörder nach der Tat an die Tür geht und läutet. Das wäre ja glatter Wahnsinn.«

Er bekräftigte noch einmal seine Meinung, daß sich seine Frau geirrt haben müsse, aber Ironsides hatte das Gefühl, daß ihn noch etwas bewegte.

»Los, Broome«, sagte Cromwell. »Da ist doch noch etwas.«

»Das ist alles so vage und unsicher, Sir«, meinte der Butler. »Ich möchte Sie nicht auf eine falsche Spur locken, indem ich Dinge sage, die ich nicht beweisen kann. Ich war ja noch halb im Schlaf und möchte mich daher nicht festlegen. Ich glaube aber doch, so etwas Ähnliches wie ein Klopfen gehört zu haben, als ich wieder einschlief.«

»Was für ein Klopfen? Und woher?«

»Das kann ich eben nicht sagen. Es war auch eigentlich kein Klopfen, sondern ein undefinierbares Geräusch. Ausgerechnet zur selben Zeit flog eine Düsenmaschine über das Haus. Vielleicht flog sie ziemlich tief, und im Nebel klingt ja alles ein bißchen anders.«

»Hm! Da haben Sie recht«, sagte Cromwell ein wenig enttäuscht. »Bei diesen modernen Flugzeugen kann man die tollsten Überraschungen erleben.«

Als der Chefinspektor das Speisezimmer verließ, machte er ein mürrisches Gesicht. Seine Brauen waren zusammengezogen, und auf seiner Stirn standen nachdenkliche Falten. Der nächtliche Eindringling hatte wohl den Motorenlärm des Flugzeugs ausgenutzt, um sich ungestört Einlaß zu verschaffen.

Johnny Lister fand Heather Blair zwischen den Blumen und Gewächsen des großen Ladens in der Sloane Street. Sie begrüßte ihn überrascht, aber mit einem freundlichen Lächeln.

»Na, Mr. Lister, was führt Sie denn zu mir?« fragte sie. »Sie sehen so ernst aus. Das letztemal haben Sie viel mehr gelacht.«

Der Sergeant hüstelte. »Sie wissen also noch nichts, Miss Blair?«

»Was soll ich denn wissen?«

»Ich habe leider keine guten Nachrichten für Sie«, meinte Johnny. »Na ja, so schlimm ist es auch wieder nicht . . . Um Sie nicht lange auf die Folter zu spannen, Miss Blair, Ihr Großvater ist tot.«

Heather starrte ihn entgeistert an. »Tot?« flüsterte sie. »Aber wieso denn? Er war doch noch so rüstig . . .« Sie riß die Augen auf. »Sie wollen doch wohl nicht esagen, daß der entsprungene Zuchthäusler ihn umgebracht hat?«

»Doch, Miss Blair, es sieht so aus«, erwiderte Johnny. »Es wird ja bald in den Zeitungen stehen, deswegen wollte ich es Ihnen gleich sagen.«

Erschrocken lauschte sie Johnny Listers Bericht über den grausigen Fund, den Broome gemacht hatte.

»Ich kann nicht heucheln und so tun, als sei ich tief erschüttert, aber es ist doch schrecklich, sich vorzustellen, daß der alte Mann auf so furchtbare Weise ums Leben gekommen ist«, sagte sie leise. »Aufgehängt und ein schwarzes Tuch auf dem Kopf . . . Der Mörder kann nicht bei Verstand gewesen sein.«

»Ja, es ist scheußlich«, sagte Johnny.

»Jedenfalls bin ich Ihnen dankbar, daß Sie mir Bescheid gesagt haben«, meinte Heather. »Kann ich irgend etwas tun? Brauchen Sie mich?«

»Nein, Miss Blair, ich glaube nicht«, gab Johnny zurück. »Mr. Cromwell wollte Sie nur verständigen. Es ist immer besser, wenn man so etwas nicht in den Zeitungen lesen muß. Wollen Sie nicht doch lieber nach Hause gehen? Man kann Sie doch sicher einen Tag lang entbehren...«

»Es geht schon«, unterbrach ihn Heather ruhig. »Es ist natürlich ein Schock, so etwas zu erfahren, aber sehr viel Trauer kann ich nicht aufbringen.«

Johnny Lister war froh, sich verabschieden zu können, und Heather blieb nachdenklich zurück. Es wunderte sie ein bißchen, daß der Tod ihres Großvaters sie so gar nicht berührte. In gewisser Weise war sie sogar erleichtert.

Der bösartige alte Mann konnte ihr nichts anhaben. Nach einer Weile ging sie zum Telefon, um Alan Crossley zu verständigen. Einer der Kollegen ihres Verlobten meldete sich und sagte ihr, daß Alan nicht da sei.

»Ist er fortgegangen?« fragte Heather.

»Nein, Miss Blair«, sagte der andere, der Heather gut kannte. »Er hat gegen zehn Uhr von seiner Wohnung aus hier angerufen und sich wegen einer Erkältung entschuldigt. Seine Stimme klang belegt. Er wollte diesen Tag im Bett liegen bleiben.«

»Aha«, sagte Heather, »vielen Dank.«

Sie legte auf. Zwei Kunden hatten sich eingefunden, um die sie sich kümmern mußte. Als sie gegangen waren, runzelte Heather die Stirn. Wenn es Alan nicht gutging, warum hatte er sie dann nicht angerufen? Und woher diese plötzliche Erkältung? Gestern nacht, als er sich verabschiedet hatte, war noch nichts davon zu merken gewesen.

»Versteh' ich nicht!« murmelte Heather.

Sie machte sich Sorgen und rief in Alans Wohnung an – Holliston Court Nr. 20, Brompton Road. Niemand meldete sich.

Das war wirklich merkwürdig. Wenn Alan eine Erkältung hatte und deshalb zu Hause geblieben war, hätte er sich doch eigentlich melden müssen. Wo trieb er sich nur herum?

Heather erinnerte sich an das Thema ihrer Gespräche in der vergangenen Nacht, nachdem Alan sie heimgebracht hatte. Er hatte aus seiner Abneigung ihrem Großvater gegenüber kein Hehl gemacht. Sie waren auf Heathers Unterhaltung mit dem alten Mann zu sprechen gekommen. Alan hatte ihr weitere Einzelheiten entlockt, bis er sich vor Zorn kaum zu fassen vermochte.

»Mein Gott!« flüsterte er vor sich hin.

Bevor er gegangen war, hatte er wüste Verwünschungen gegen ihren Großvater ausgestoßen. Und jetzt war Lord Cloverne tot! Alan war nicht zur Arbeit erschienen und hatte sich mit einer angeblichen Erkältung entschuldigt. Er hatte behauptet, sich hinlegen zu müssen. Ans Telefon ging er nicht.

Wo konnte er sein? Warum war er verschwunden? In Heather regten sich allerlei unerfreuliche Gedanken, und obwohl sie sich bemühte, ihnen keinen Raum zu geben, wurde sie eine geheime Angst nicht los.

In Tresham House ließ sich Bill Cromwell inzwischen von seinen Untergebenen berichten. Sergeant Willis, der Spezialist für Fingerabdrücke, war an der Reihe.

»Die Abdrücke im Schlafzimmer scheinen ausschließlich von Lord Cloverne selbst, von Broome und seiner Frau zu stammen«, meinte er. »Andere habe ich nicht gefunden.«

»Na ja, wie erwartet.«

»Dafür gibt es eine Anzahl von Wischspuren«, fuhr Willis fort. »Sie sind relativ neu und scheinen von einer Person zu stammen, die Handschuhe getragen hat.«

Ironsides nickte. »Der Mann, der Lord Cloverne umgebracht hat, wird ja wohl nicht ohne Handschuhe erschienen sein«, meinte er mürrisch. »Das alles deutet auf Moran. Er kennt alle Tricks.«

Inzwischen hatte man die Leiche des alten Mannes abtransportiert, um später eine Obduktion vorzunehmen. Ironsides unterhielt sich mit dem Polizeiarzt.

»Nach der ersten Untersuchung würde ich sagen, daß Lord Cloverne erwürgt worden ist. Das ergibt sich aus den Merkmalen am Hals. Der Strick wurde erst angebracht, als der alte Mann schon tot war. Dann zog man ihn hoch.«

»Sind Anzeichen dafür vorhanden, daß er sich gewehrt hat?«

»Keine, Mr. Cromwell. Ich glaube, daß er im Schlaf überfallen und umgebracht worden ist«, erklärte der Arzt.

»Er war immerhin schon weit über Achtzig und konnte sich kaum ernsthaft wehren«, meinte der Chefinspektor nachdenklich. »Zwei kräftige Hände an seinem Hals, und die Sache war nach kurzer Zeit überstanden.«

Er befragte die anderen Beamten. Offenbar war nichts gestohlen worden. Lord Clovernes Brieftasche, die man in seinem Jackett fand, enthielt eine Anzahl Fünfpfundnoten. Eine größere Geldsumme wurde in einer Kassette in der obersten Schublade der alten Kommode in seinem Schlafzimmer entdeckt. Auch alle anderen Wertsachen waren unberührt.

»Von Raubmord kann keine Rede sein«, meinte einer der Beamten. »Als Motiv kommt also nur Rache in Frage, und das würde ja auf Moran passen, nicht wahr?«

»Nicht nur auf ihn«, sagte Ironsides. »Die Sache gefällt mir ganz und gar nicht. Alles, was wir finden, deutet direkt auf Moran. Ein bißchen zu einfach für meinen Geschmack.«

Er sprach mit Sergeant Willis und wies ihn an, die Leiter an der auf den Friedhof hinausführenden Seite genau zu untersuchen. Außerdem befahl er, den Friedhof abzusuchen. Anschließend begab er sich wieder in die Kammer, durch die der Mörder eingedrungen sein mußte. Inzwischen war Johnny Lister von der Sloane Street zurückgekehrt und erstattete seinem Vorgesetzten Bericht.

»Sie hat es relativ ruhig aufgenommen«, erzählte er. »Kein Wunder – sie hat ja auch nichts Gutes von ihm erlebt. Wie seid ihr vorangekommen?«

»Bis jetzt läßt sich noch nichts sagen, Johnny.«

Cromwell richtete seine ganze Aufmerksamkeit auf das Kammerfenster. Es stand außer Zweifel, daß das Holzgitter mit Hilfe eines Brecheisens aufgebrochen worden war.

»Der Bursche hat mit allem gerechnet«, meinte Johnny. »Von der Holzvergitterung muß er doch gewußt haben. Vielleicht war er am Tag zuvor hier, um sich alles genau anzusehen.«

»Schau dir das an«, sagte Ironsides.

Er deutete auf ein paar Tropfen getrockneten Blutes auf dem

Fensterbrett. Auch auf den herabhängenden Holzstäben waren Blutspuren zu erkennen.

»Er muß sich beim Eindringen verletzt haben«, meinte Cromwell zufrieden. »Vielleicht war es nur eine kleine Kratzwunde, aber wer weiß, was sich damit anfangen läßt. Eine Schnittwunde am Finger zum Beispiel? Hm!«

»Was hast du denn?«

»Nichts. Mir ist nur etwas eingefallen.« Ironsides stand nachdenklich am Fenster und starrte auf den Friedhof hinunter. Die Kriminalbeamten suchten in dem wuchernden Gras, und die verwitterten alten Grabmäler wirkten im trüben Licht des kalten Vormittags grau und verloren.

»Warum hat Moran – wenn er der ist, den wir suchen – die Leiter benützt, um hier heraufzusteigen?« fragte Johnny. »Warum so kompliziert? Es wäre doch viel einfacher gewesen, irgendwo an den Parterrefenstern die Holzvergitterung loszubrechen.«

»Darauf gibt es nur eine Antwort, wenn du dir die Fenster genau ansiehst«, gab Cromwell zurück. »Die Parterrefenster sind doppelt so groß wie das hier, und die Arbeiter haben dafür wesentlich stärkeres Holz verwendet. Es wäre nicht ganz einfach gewesen, dort unten einzubrechen. Die Holzstäbe hier oben sind nur halb so stark. Wegen der geringen Größe der Fenster und der Lage im Obergeschoß hielt man es offenbar nicht für nötig, für die Sicherung dickere Riegel zu verwenden.«

»Der Kerl muß gestern hier gewesen sein, um alles zu besichtigen«, sagte Johnny. »Dabei ging er ja kein Risiko ein. Wenn irgendwo gebaut oder ausgebessert wird, stehen immer Leute herum. Da wird er sich wohl vorgenommen haben, lieber im Obergeschoß einzusteigen.«

Nachdem Cromwell und Johnny wieder in die Halle hinuntergegangen waren, trafen sie auf Sergeant Willis und den Fotografen, die gerade unterwegs waren, um die Leiter nach Fingerabdrücken zu untersuchen.

»Bevor Sie damit anfangen, Willis, gehen Sie zuerst ins Souterrain«, sagte der Chefinspektor. »Da sitzt jemand, dessen Fingerabdrücke ich haben möchte.«

»Sie meinen den jungen Burschen, den ich in der Küche gesehen habe?« fragte Sergeant Willis. »Mrs. Broome hat ihn als ihren Neffen vorgestellt, der nur kurz zu Besuch gekommen sei. Ich wußte nicht, daß Sie seine Abdrücke haben wollen, Sir.«

»Doch, die brauche ich. Das geht ja recht schnell.«

»Und wenn er nicht mittun will?«

»Berufen Sie sich auf meine Befehle«, erwiderte Cromwell. »Wenn er nur zu Besuch hier ist, wie Mrs. Broome behauptet, wird er andere Räumlichkeiten als die Küche nicht betreten haben. Ich sehe aber nicht ein, warum er sich wehren sollte.«

Cromwell und Lister traten auf den Blount Square hinaus und gingen an der hohen Mauer entlang. Es war immer noch ziemlich kalt. Die schweren Eisentore waren wieder geöffnet worden und klafften schief auseinander. Als Johnny den Friedhof betrat, bewegte er unruhig die Schultern. Die ungepflegte Totenstätte mit ihren verblaßten, bemoosten Grabmälern und den französischen Inschriften wirkte selbst bei Tag unheimlich. Die Gebeine in den Gräbern ruhten seit mindestens einem Jahrhundert ungestört, weil seit der Mitte des vergangenen Jahrhunderts hier niemand mehr begraben worden war.

»Merkwürdig, dieser französische Friedhof mitten in London«, meinte Ironsides, während er sich umsah. »Lord Clovernes französische Ahnen müssen sich mit der Einbürgerung Zeit gelassen haben. Was wir hier sehen, sind die Überbleibsel einer kleinen französischen Gemeinde, wohl alles Freunde des entflohenen Chevaliers. Hm! Dieses Grundstück hier mitten im Westend muß ein kleines Vermögen wert sein.«

»Es ist so unenglisch«, sagte Johnny. »Die Clovernes hätten sich wenigstens ein bißchen mehr darum kümmern können. Schau dir dieses Mausoleum an«, fügte er hinzu. »Sieht aus wie ein kleines Haus. Wozu eine massive Eichentür? Das scheint wohl das Familiengrab der Clovernes zu sein.«

»Nach der Beerdigung wird Lord Cloverne hier seine letzte Ruhestätte finden«, sagte Cromwell. »Wie lange wird er wohl hier bleiben können? Ich kann mir nicht vorstellen, daß man den wertvollen Grund auf die Dauer brachliegen läßt.«

Sergeant Willis holte sie ein.

»Wenn Sie sich das einmal ansehen würden, Sir«, sagte er. »Am unteren Teil der Leiter befinden sich ein paar deutliche Abdrücke; Bob fotografiert sie gerade.«

»Ich finde es gar nicht so erstaunlich, daß ihr Fingerabdrücke gefunden habt«, meinte Ironsides. »Die Arbeiter haben ja damit hantiert. Daß die Abdrücke vom Mörder stammen, kann ich mir nicht vorstellen.«

»Der Nebel hat auf dem lackierten Holz den Tau gefrieren lassen, und die Abdrücke müssen in der Nacht entstanden sein.«

»Das sehe ich mir an«, meinte Ironsides interessiert.

Er mußte bald zugeben, daß der Sergeant recht hatte. Am Abend zuvor hatte es keinen Frost gegeben. Die von den Arbeitern hinterlassenen Fingerabdrücke wären kaum noch erkennbar gewesen. Die Spuren, die Cromwell jetzt besichtigte, stachen jedoch klar und deutlich hervor.

»So schön bekommt man sie selten auf den Film«, meinte der Fotograf befriedigt. »Die Abdrücke finden sich nur auf den ersten Sprossen, dann verwischt sich alles.«

»Sieht so aus, als sei der Bursche ein paar Sprossen hinaufgestiegen und habe es sich dann anders überlegt. Was halten Sie davon, Sir?«

»Ich weiß nicht recht«, erwiderte Ironsides stirnrunzelnd. »Ich kann mir nicht vorstellen, daß der Bursche wieder hinuntergestiegen ist, nachdem er die Leiter angelegt hatte. Wenn ihm plötzlich eingefallen war, daß er keine Handschuhe trug, und sie dann anzog, warum hat er dann die Stellen, die er mit bloßen Händen berührt hatte, nicht abgewischt?«

Der Fund schien die Untersuchung nur zu komplizieren. Der Mann, der die Leiter auf so unvorsichtige Weise berührt hatte, war nicht ganz hinaufgestiegen. Er konnte also nicht der Mann sein, der oben durch das Kammerfenster eingedrungen war. Cromwell zerbrach sich immer noch darüber den Kopf, als einer der Kriminalbeamten herbeikam und meldete, daß er einen merkwürdigen Fußabdruck gefunden habe.

Halb versteckt im Gras in der Nähe eines der kleineren Grabmäler lag ein Holzbrett. Offenbar war es von den Arbeitern auch vergessen worden. Jemand hatte den Fuß darauf gesetzt und den Abdruck einer gerippten Gummisohle hinterlassen.

»Im Dunkeln scheint er das Brett nicht bemerkt zu haben«, sagte der Kriminalbeamte. »Glauben Sie, daß es einer von den Arbeitern war? Ich kann mir nicht vorstellen, daß sie im Winter Schuhe mit Gummisohlen tragen.«

»Richtig«, stimmte Cromwell zu. »Das scheint doch auch unser Freund gewesen zu sein.«

»Moran?« fragte Johnny.

»Möglich. Jemand, der vorhatte, einzubrechen und einen Mord zu begehen, mußte natürlich Wert darauf legen, möglichst leise zu sein. Aber ist ein Mann wie Moran ungeschickt genug, einen Abdruck zu hinterlassen? Das paßt einfach nicht zu ihm. So etwas passiert höchstens einem Amateur. In gewisser Weise ist es wie mit den deutlichen Fingerabdrücken. Waren denn gestern nacht zwei Leute im Friedhof?«


8

Bill Cromwell sah sich den Fußabdruck noch einmal genau an.

»Ja, Johnny, es sieht wirklich so aus, als seien zwei Leute hier gewesen«, meinte er grimmig. »Einmal der Mörder, der die Leiter an das Haus lehnte, durch das Fenster einstieg und Lord Cloverne erwürgte. Und dann kam eine zweite Person, die unachtsamerweise einen Fußabdruck hinterließ und ebenso ungeschickt mit der Leiter hantierte. Wer kann das gewesen sein? Was konnte die Person hier gewollt haben?«

Der Chefinspektor gab Anweisung, den Friedhof nochmals mit größter Gründlichkeit zu durchsuchen.

»Gebt mir sofort Bescheid, wenn ihr noch etwas findet«, sagte er. »Ich bin im Haus.«

Noch bevor er und Johnny den Friedhof verlassen hatten, tauchte einer der Beamten auf und wies triumphierend eine goldene Armbanduhr vor.

»Ich habe sie im Gebüsch in der Nähe der Mauer gefunden«, meldete er. »Sie lag im Gras versteckt, und ich sah sie erst, als ich ganze Büschel Unkraut beiseite geräumt hatte.«

Cromwell besichtigte die Uhr. Er rief Sergeant Willis und den Fotografen und ließ die Uhr mit Puder bestäuben und fotografieren. Willis meldete, daß keine identifizierbaren Abdrücke sicherzustellen seien.

»Das ist eine schöne Uhr«, meinte Cromwell bewundernd. »Scheint massiv Gold zu sein. Sie geht auch noch auf die Sekunde genau«, fügte er hinzu, nachdem er auf seine eigene Uhr gesehen hatte. »Sie kann also nicht sehr lange im Gras gelegen haben.«

»Ein wertvolles Stück«, sagte Johnny. »Unter hundert Pfund bekommt man so etwas sicher nicht. Glaubst du, daß ein Mann wie Moran, der eben aus dem Zuchthaus ausgebrochen ist, sich eine solche Uhr zulegt? Das deutet vielmehr auf unseren geheimnisvollen zweiten Besucher hin, nicht wahr? Wahrscheinlich ist er mit dem Arm an einem Strauch hängengeblieben und hat das Armband abgerissen.«

»Nein, Johnny, das Armband ist in Ordnung«, sagte Cromwell, während er den Deckel der Uhr aufklappte. »Aber die Schnalle ist vollkommen verbogen.« Er machte eine Pause und seine Augenbrauen hoben sich erstaunt. »Na so was! Das ist doch nicht zu glauben!«

»Was ist denn, Old Iron?«

»Schau dir die Inschrift auf der Innenseite des Deckels an«, sagte Cromwell. »›Meinem Sohn, Alan Crossley, zu seinem 21. Geburtstag.‹ Klarer geht es ja wohl nicht mehr.«

»Alan Crossley!« rief Johnny.

»Crossley ist gestern nacht hier gewesen, er hat sich hemmungslos über Lord Cloverne ausgelassen, als wir ihn das letztemal sahen. Seine Fingerabdrücke sind auf der Leiter. Sehr schön! Der junge Mann wird einiges zu erklären haben.«

»Du willst doch damit nicht sagen . . .? Ach Quatsch, Old Iron! Crossley hat mit der Sache nichts zu tun!« protestierte Johnny.

»Wieso nicht?« erwiderte der Chefinspektor. »Für mich gehörte er von Anfang an zum Kreis der Verdächtigen.«

»Das wäre ein schwerer Schlag für Miss Blair, wenn du recht hättest«, meinte Johnny. »Was willst du tun?«

»Crossley aufsuchen und ihn verhören«, erwiderte Ironsides. »Und zwar gleich.«

Sie verließen den Friedhof und gingen zu ihrem Wagen.

»Dumm ist das mit der Uhr schon«, meinte Lister. »Aber ob man daraus so weitreichende Schlüsse ziehen sollte?«

»Crossley war zweifellos gestern nacht hier«, meinte Ironsides. »Wir wissen auch, daß er Grund hatte, Lord Cloverne zu hassen. Am Motiv fehlt es also nicht.«

»Ob das genügt?« fragte Johnny zweifelnd, als er sich ans Steuer setzte. »Ich hatte jedenfalls einen recht guten Eindruck von ihm.«

Ironsides hob die Schultern. »Ich habe mit zu vielen Mördern zu tun gehabt, um mich davon beeinflussen zu lassen«, erwiderte er. »In einer plötzlichen Aufwallung oder vom Haß getrieben, tun selbst normale Menschen oft die ungewöhnlichsten Dinge. Da kann man keine Regeln aufstellen.«

»Ganz meine Meinung«, brummte Johnny, während er den Motor anließ, den Gang einlegte und losfuhr. »Stell dir doch mal vor, wie dieser Mord verübt worden ist. Ich würde mir ja noch eingehen lassen, daß Crossley den Alten erwürgt, aber wer kann sich vorstellen, daß er ihn an die Decke hängt, ihm einen Hermelin um die Schultern und ein schwarzes Tuch auf den Kopf legt und dann auch noch verkündet, das sei der ›Galgenrichter‹. Für mich kann so etwas nur ein Wahnsinniger machen.«

»Nein, da kann ich dir nicht recht geben«, erwiderte Cromwell. »Das könnte man auch als poetische Gerechtigkeit bezeichnen. Ich könnte durchaus verstehen, daß ein Mann von Crossleys aufbrausendem Temperament ins Haus eindringt und den Alten umbringt, nachdem er Miss Blair so gemein behandelt hatte. Ich glaube nicht, daß es so gewesen ist, aber die Möglichkeit muß man schließlich in Erwägung ziehen.«

»Was weißt du schon von seinem Temperament?«

»Ich habe ihn reden hören. Ich weiß, daß er impulsiv und jähzornig ist«, gab der Chefinspektor zurück. »Dieses Verbrechen ist ungewöhnlich. Es paßt nicht in die normalen Kategorien. Daß hier ausschließlich der Haß regiert hat, sieht ein Blinder. Sicher kann es auch Moran gewesen sein. Am Guy-Fawkes-Tag hat zweifellos Moran versucht, Lord Cloverne zu töten. Wir wissen, daß er jahrelang im Zuchthaus saß und sich schwor, dem Alten alles heimzuzahlen. Aber Crossley haßt den alten Mann auch. Wir müssen eben sehen.«

»Na schön, du wirst ja wissen, was du tust«, meinte Lister. »Auf jeden Fall würde ich vorsichtig sein.«

»Wir müssen auch die Fahndung nach Moran verstärken«, erklärte Ironsides. »Der Bursche ist mir zu gefährlich. Wenn er Lord Cloverne umgebracht hat, wird er sich längst abgesetzt haben.«

Johnny fand in der Nähe des Bürogebäudes von Watkinson und Bridger einen Parkplatz, und sie stiegen die Treppe hinauf.

»Mr. Crossley, Sir?« sagte ein aufgeweckter junger Mann, als sie sich vorgestellt hatten. »Er ist heute nicht hier. Ist es wichtig?« Er beäugte Cromwell mißtrauisch. »Wenn Sie mir verraten würden, weshalb Sie kommen... Ach so, entschuldigen Sie bitte.« Der junge Mann machte ein überraschtes Gesicht, als Cromwell seine Dienstmarke vorwies. »Ich habe vorhin nicht aufgepaßt, Chefinspektor. Wollen Sie mit Mr. Bridger sprechen? Er ist da.«

»Ich will seine Zeit nicht in Anspruch nehmen«, meinte Cromwell. »Vielleicht können Sie mir sagen, was ich wissen will.«

»Tja, ich weiß eigentlich nichts, abgesehen davon, daß er heute nicht zur Arbeit gekommen ist«, erwiderte der andere. »Mein Name ist Blandon – George Blandon. Ich arbeite mit Alan, das heißt, mit Mr. Crossley zusammen.«

»Sind Sie mit ihm befreundet?«

»Ja.«

»Warum ist Mr. Crossley heute nicht erschienen?«

»Das ist es ja«, sagte der junge Mann stirnrunzelnd. »Seine Verlobte rief vorhin an und wollte mit ihm sprechen. Er liegt zu Hause und ist krank. Jedenfalls sagte er das. Er rief in aller Frühe an und erzählte mir, daß er sich furchtbar erkältet habe und nicht ins Büro kommen könne. Miss Blair schien sehr überrascht zu sein.«

»Sie meinen, sie hat das mit der Erkältung nicht geglaubt?«

»Mir kommt es auch spanisch vor«, meinte Blandon. »Als Crossley gestern Schluß machte, war er noch völlig in Ordnung. Ich glaube, daß er aus irgendeinem Grund freihaben wollte. Sagen Sie, ist es so wichtig? Hat Crossley etwas angestellt?«

Cromwell befriedigte Blandons Neugierde nicht, und wenige

Minuten später waren die beiden Kriminalbeamten unterwegs nach Holliston Court in der Brompton Road.

»Miss Blair muß gleich angerufen haben, nachdem du dich von ihr verabschiedet hattest«, meinte Cromwell nachdenklich. »Crossley ist also krank. Glaubst du das? Nach allem, was wir wissen, habe ich viel eher das Gefühl, daß er sich auf die Socken gemacht hat. Wir werden ja bald genau Bescheid wissen.«

Sie stiegen zu der Wohnung im ersten Stock eines Zweifamilienhauses hinauf, aber auf ihr Läuten öffnete niemand.

»Ich glaube, du hast recht, Old Iron«, sagte Johnny. »Er ist nicht da. Das mit der Erkältung war also offensichtlich gelogen.«

Ironsides schnitt eine Grimasse und schlug wütend ein paarmal mit der Faust an die Tür. Zu seiner und Johnnys Überraschung hörten sie eine Stimme: »Schon gut, ich komme ja! Deswegen muß man ja nicht gleich die Tür einschlagen.«

Als die Tür aufging, stand Alan Crossley in Schlafanzug und Morgenmantel vor ihnen, mit gerötetem Gesicht, trüben Augen und tröpfelnder Nase. Er schnupfte ein paarmal.

»Ach, Sie sind's, Mr. Cromwell«, sagte er mit heiserer Stimme. »Kommen Sie rein. Entschuldigen Sie, daß es so lange gedauert hat. Ich wollte nicht gestört werden. Als Sie dann an die Tür schlugen... Ist es wichtig? Ich bin ganz k. o. und würde Ihnen raten, nicht zu nahe an mich heranzukommen. Ich habe bestimmt Fieber.«

»Das kommt mir auch so vor«, meinte Cromwell, als er die Wohnung betrat.

Er hatte auf den ersten Blick erkannt, daß der junge Mann nicht schauspielerte. Die Anzeichen einer beginnenden Grippe waren zu deutlich. Alan wankte ins Wohnzimmer und ließ sich in einen Sessel fallen.

»Ich fühle mich scheußlich«, sagte er. »Den ganzen Vormittag bin ich nicht ans Telefon gegangen. Was gibt's?« Er begann zu frösteln und preßte die Arme an die Brust. »Im Schrank finden Sie übrigens eine Flasche«, wandte er sich an Johnny. »Whisky. Geben Sie mir auch ein Glas.«

»Sie brauchen einen Arzt«, meinte Johnny.

»Es geht schon«, murmelte Alan. »Aber ich verstehe das nicht.

Ich bin doch sonst nicht so empfindlich.«

Cromwell wartete, bis Johnny Whisky in ein Glas gegossen und es Alan überreicht hatte. Alan kippte das Glas auf einen Zug hinunter und schien sich danach etwas wohler zu fühlen.

»Nun?« fragte er und sah von einem zum anderen. »Was ist los? Scotland Yard gibt mir die Ehre... Heather ist doch nichts passiert, oder?« fragte er plötzlich besorgt. »Du meine Güte, vielleicht hat sie mich angerufen...!«

»Allerdings«, unterbrach ihn Cromwell. »Jedenfalls sieht es so aus. Sie hat wahrscheinlich versucht, Sie hier zu erreichen, nachdem man ihr im Büro mitgeteilt hatte, daß Sie zu Hause geblieben waren. Sie wollte Ihnen mitteilen, daß ihr Großvater tot ist.«

Cromwell hatte das ganz beiläufig gesagt, dabei aber Crossley genau beobachtet. Alan ließ sein Whiskyglas fallen und starrte den Chefinspektor an.

»Der alte Mann ist tot?« wiederholte er betroffen. »Das ist doch unmöglich. Er war doch völlig...« Er mußte ein paarmal heftig niesen. »Verzeihung. Lord Cloverne ist tot? Sie meinen, er ist einfach mitten in der Nacht gestorben?«

»Nicht so, wie Sie denken, Mr. Crossley«, erwiderte Cromwell. »Lord Cloverne ist in der vergangenen Nacht auf brutale Weise ermordet worden. Er hing von einem Haken in der Decke seines Schlafzimmers – die näheren Umstände sind wenig appetitlich. Ich dachte, daß Sie mir vielleicht ein paar Informationen geben könnten.«

Alan schwieg eine Weile. Nach dem ersten Schock schien er vorsichtig geworden zu sein.

»Guter Gott!« flüsterte er.

»Nur zu, Mr. Crossley«, sagte Cromwell.

»Wie bitte? Nur nicht so hastig«, murmelte Alan. »Lassen Sie mir Zeit. Das ist ja wirklich eine tolle Überraschung.« Er preßte die Hände an die Schläfen. »Moran muß es gewesen sein.«

»Vielleicht darf ich Ihnen inzwischen etwas zeigen«, meinte Cromwell ironisch und holte etwas aus der Tasche. »Das kennen Sie natürlich?«

»Meine Uhr!«

»Sie gehört Ihnen?«

»Selbstverständlich. Wo haben Sie sie gefunden?«

»Wo haben Sie sie verloren?« fragte Cromwell zurück.

»Tja, ich glaube, sie im alten Friedhof verloren zu haben, neben Tresham House«, erwiderte Alan, nahm die Uhr und betrachtete sie von allen Seiten. »Ich bin gestern nacht hingegangen, um mich umzusehen ...« Er unterbrach sich plötzlich und starrte Cromwell entgeistert an. »Moment mal! Sie glauben doch wohl nicht, daß ich ...«

»Was ich glaube, ist jetzt ganz unwichtig, Mr. Crossley, aber wir wollen das Thema noch ein bißchen weiterspinnen«, unterbrach ihn der Chefinspektor. »Vergessen Sie für den Augenblick Lord Cloverne. Sie sagen, Sie seien gestern nacht auf dem Friedhof gewesen? Sie haben die Uhr verloren, als Sie dort herumschlichen ...«

»Nein, ich habe danach gesucht. Verloren habe ich die Uhr schon vor ein paar Tagen. Sie erinnern sich doch, Mr. Cromwell? Als ich mit Moran raufte und Lord Cloverne versuchte, mich wegen Einbruchs verhaften zu lassen. Ich fuhr am nächsten Morgen hin, weil ich annahm, die Uhr während des Kampfes mit Moran im Zimmer verloren zu haben. Broome und ich suchten überall, und er versprach mir, sich auch im Friedhof umzusehen, nachdem wir kein Glück hatten.«

Cromwell hob die buschigen Brauen. »Jetzt mal hübsch langsam, junger Mann«, sagte er. »Sie sind am folgenden Vormittag im Haus gewesen, und Broome hat Ihnen geholfen, das Zimmer zu durchsuchen?«

»Ja. Sie können ihn fragen.«

»Warum hat mir denn der Trottel nichts davon erzählt, als ich ihn heute morgen vernommen habe?« sagte Cromwell wütend und warf Lister einen Blick zu. »Ich kann immer noch nicht so recht glauben ...«

»Moment mal, Old Iron«, unterbrach ihn Johnny. »Broome weiß ja nicht, daß die Uhr gefunden worden ist. Du hast ihm nichts davon erzählt, und den Besuch von Crossley wird er in der Aufregung vergessen haben.«

»Es ist ja nicht nur das«, sagte Cromwell und starrte Alan durchdringend an. »Hören Sie, Mr. Crossley, Sie behaupten, die

Uhr vor zwei Tagen verloren zu haben? Sie wollen Broome tags darauf veranlaßt haben, bei der Suche zu helfen?«

»Ja. Das haben Sie doch vorhin schon gefragt.«

»Und ich frage noch einmal«, fauchte der Chefinspektor. »Sagen Sie mir nur eines, Mr. Crossley: Warum läuft die Uhr denn dann noch? Wenn sie seit über achtundvierzig Stunden im Gras gelegen hat, warum ist sie dann nicht stehengeblieben?«

»Na, das hätten Sie aber wissen können«, meinte Alan ungeduldig und zeigte auf die Uhr. »Wo ist denn die Aufziehschraube? Die Uhr läuft elektrisch. Sie ist wasserdicht, stoßfest und was weiß ich noch alles. Sie wird von einer winzig kleinen Batterie angetrieben und läuft ein ganzes Jahr, bevor die Batterie erneuert werden muß. Natürlich lief die Uhr weiter.«

Johnny Lister unterdrückte mit Mühe ein Schmunzeln.

»Wieder so eine neumodische Erfindung«, knurrte Cromwell. »Woher soll ich so etwas kennen!« Er schnaufte verächtlich durch die Nase. »Elektrisch! Was es nicht alles gibt.«

»So neu ist das gar nicht«, meinte Alan. »Schweizer Fabrikat, eine der ersten Uhren mit elektrischem Antrieb. Bis auf die Zehntelsekunde genau.«

»Schon gut – schon gut. Das glaube ich Ihnen auch so«, sagte Cromwell. »Sie sind also gestern nacht im Friedhof gewesen, um die Uhr zu suchen. Sie waren auch unvorsichtig genug, Ihre Fingerabdrücke auf einer Leiter zu hinterlassen, die am Haus angelehnt war.«

»Wieso das unvorsichtig sein soll«, meinte der junge Mann nach erneutem heftigem Niesen, »weiß ich nicht. An Fingerabdrücke habe ich natürlich nicht gedacht. Die werden wohl von mir stammen, obwohl ich nicht weiß, wie Sie sie identifiziert haben. Ich war an der Leiter und bin sogar ein paar Sprossen hinaufgestiegen.«

»Und Sie hatten Schuhe mit Gummisohlen an?«

»Ja.«

»Dann sind Sie mir ein paar Erklärungen schuldig«, meinte Cromwell. »Sie scheinen gestern nacht ja recht fleißig gewesen zu sein. Erzählen Sie mir, wie sich alles abgespielt hat. Warum waren

Sie im Friedhof, was haben Sie dort getrieben und warum sind Sie heute krank?«

»Das kann ich Ihnen sagen«, erwiderte Alan. »Ich habe mich furchtbar erkältet. Auf dem Friedhof war es eiskalt, und ich hatte schlauerweise nicht einmal einen dicken Mantel an. Ich kroch mit einer kleinen Taschenlampe herum, konnte aber das Ding nicht finden. Als ich nach Hause kam, war mir schon schwindlig. Sehen Sie mich nur an, ich kann die Augen kaum mehr richtig aufmachen, und Halsschmerzen habe ich auch schon. Ich glaube, das wird etwas Schlimmeres als eine Grippe. Ich habe mir sicher eine Lungenentzündung geholt.«

»Hören Sie auf mit dem Selbstmitleid und erzählen Sie weiter«, meinte Cromwell besänftigt. »Wann haben Sie mit der Sucherei angefangen?«

»Kurz nach Mitternacht«, erwiderte Alan. »Ich wußte, daß es keinen Zweck hatte, Lord Cloverne nach der Uhr zu fragen, und tagsüber konnte ich auch nicht suchen, also ging ich nachts hin. Ich stieg über die Mauer und machte mich an die Arbeit. Es war natürlich idiotisch. In diesem Dschungel von Gras und Unkraut hatte ich gar keine Chance. Nachdem ich eine Stunde lang herumgeschlichen war, gab ich es auf. Aber es lag nicht allein daran. Mir war einfach unheimlich. Sind Sie schon einmal ganz allein in einem verlassenen Friedhof gewesen, in dem noch dazu der Nebel herumgeistert? Das ist wenig angenehm, Mr. Cromwell. Als ich mich entschlossen hatte, die Sache aufzugeben, war ich gerade in der Nähe des Hauses und sah mit einiger Verwunderung eine Leiter an der Wand lehnen. Ich weiß nicht, warum ich ein paar Sprossen hinaufgestiegen bin. Vielleicht hatte ich vor, herauszufinden, warum sie dort aufgestellt worden war. Jedenfalls war ich kaum fünf, sechs Sprossen weit gekommen, als die Leiter zu schwanken begann.«

»Weiter«, sagte Johnny. »Jetzt wird es interessant.«

»Jemand kam von oben herunter«, fuhr Alan fort. »Es war mir jetzt natürlich klar, warum sich die Leiter dort befand – jemand war ins Haus eingedrungen und trat gerade den Rückzug an. Ich dachte sofort an Moran, der es ja schon einmal versucht hatte. Ich duckte mich und wartete. Als der Kerl unten ankam, packte ich ihn. Er schrie auf, riß sich los und sauste davon, bevor ich ihn aufhalten konnte.

Ich muß wohl schon ein bißchen angeknackst gewesen sein, weil meine Knie ganz weich wurden. Jedenfalls verschwand der Kerl in der Dunkelheit, bevor ich richtig zum Denken kam.«

»Haben Sie ihn denn überhaupt erkennen können?«

»Nein. Es war zu dunkel.«

»Glauben Sie, daß es Moran gewesen ist?«

»Kann sein, aber ich weiß es nicht sicher«, meinte Alan kopfschüttelnd. »Der Bursche wirkte wesentlich kleiner und agiler. Er verschwand wie der Blitz. Normalerweise wäre ich mit einem so kleinen Burschen ohne weiteres fertiggeworden, aber in der Dunkelheit und bei Nebel . . .«

»Ja, ich verstehe«, unterbrach ihn Cromwell seufzend. »Sie haben ihn zum zweitenmal entwischen lassen. Keine sehr rühmenswerte Leistung, Mr. Crossley. Sicher sind Sie auch noch über einen der Grabsteine gestolpert, als Sie ihm nachliefen?«

»Ja«, gab Alan widerstrebend zu. »Genau das ist passiert. Aber ich sah ihn noch einmal, als er über die Mauer kletterte. Ich fiel hin, und er wetzte wie ein Affe über die Friedhofsmauer.«

»Und dann?«

»Bis ich auf die Straße hinauskam, war er nirgends mehr zu sehen. Ich wußte nicht, was ich tun sollte. Daß er ins Haus eingebrochen war, stand fest, aber ich konnte doch nicht wissen, daß er einen Mord begangen hatte.«

»Wirklich nicht?« fragte Cromwell scharf. »Sie wußten aber doch, daß Moran schon am 5. November Lord Cloverne hatte umbringen wollen; und Sie wußten oder argwöhnten, daß der Mann, dem Sie eben begegnet waren, Moran sein mußte.«

»Ich war ganz durcheinander – mein Kopf schmerzte, und ich hatte die Sache einfach satt«, sagte Alan. »Mir war klar, daß ich irgendwie Alarm schlagen mußte. Ich wollte mit dem bösartigen Alten nichts mehr zu tun haben. Aber irgend etwas mußte ich schließlich tun. Deshalb ging ich zur Haustür und läutete.«

»Weiter. Sie haben geläutet?«

»Die Glocke ist ein uraltes Ding an einem langen Draht. Ich zog daran und hörte im Haus ein Bimmeln. Niemand rührte sich

– alles blieb dunkel –, und nach einer Weile läutete ich noch einmal. Diesmal hatte ich den Glockenzug in der Hand, und das Bimmeln war nicht mehr zu hören. Ich glaube, ich muß den Draht abgerissen haben.«

»Was geschah dann?«

»Ich hämmerte mit der Faust an die Tür«, fuhr Alan fort. »Sie wissen ja Bescheid, Mr. Cromwell. So etwas von Holz gab es früher nur in alten Burgen.«

»Haben Sie zufällig eine Düsenmaschine vorbeifliegen hören, als Sie an die Tür klopften?«

»Woher wissen Sie denn das?« unterbrach ihn Alan. »Das verdammte Ding flog so niedrig, daß ich schon dachte, es sei in Schwierigkeiten.«

Cromwell mußte zugeben, daß das mit Broomes Aussage übereinstimmte.

»Um es kurz zu machen, Mr. Cromwell«, setzte Alan hinzu, »ich fühlte mich so schlecht, daß ich mir sagte: Zum Teufel mit dem alten Knaben, geschieht ihm ganz recht, wenn ihn einer bestiehlt. Ich fuhr nach Hause. In der Bayswater Road nahm ich ein Taxi. Heute morgen war ich so erledigt, daß ich in meiner Firma anrief und mich entschuldigte.«

»Aha«, sagte Cromwell.

»Ich sprach mit einem meiner Kollegen – Blandon heißt er –, und er schien mir nicht zu glauben. Das wäre alles.« Alan Crossley hob den Kopf. »Wenn Sie glauben, daß ich den alten Cloverne umgebracht habe, dann täuschen Sie sich aber gründlich«, setzte er noch hinzu.

## 9

An Chefinspektor Cromwells undurchdringlicher Miene ließ sich nicht ablesen, was er dachte. Er nahm in aller Gemütsruhe seine Pfeife aus der Tasche und stopfte sie, während Alan Crossley ein paarmal nieste.

Die Aussage des jungen Mannes klang recht plausibel. Trotzdem konnte es durchaus sein, daß es sich nur um geschickt zusammengestellte Lügen handelte. Zweifellos litt Alan Crossley an einer schweren Erkältung, aber das bewies noch lange nicht, daß sich alles so zugetragen hatte, wie er behauptete. Wer bürgte dafür, daß er nicht in das Haus eingedrungen war und die gefundene Uhr nur hinterlassen hatte, weil er eben in blindem Haß gehandelt hatte. Andererseits war ihm bei seiner Intelligenz sogar zuzutrauen, daß er die Spuren bewußt hinterlassen hatte, um die Polizei irrezuführen.

»Das beste für Sie«, meinte der Chefinspektor und erhob sich, »ist, sich wieder ins Bett zu legen. Ihre Anwesenheit gestern nacht im Friedhof rückt Sie jedenfalls nicht in das günstigste Licht. Im Augenblick möchte ich nicht mehr sagen.«

»Sie wollen mir wohl Angst einjagen?« sagte Alan betroffen. »Sie glauben doch nicht im Ernst, daß ich ...«

»Was ich glaube, Mr. Crossley, ist nicht entscheidend«, unterbrach ihn Ironsides mürrisch. »Wir haben einen Mord aufzuklären, und Sie müssen zugeben, daß Ihr Verhalten gestern nacht zumindest ungewöhnlich war. Ich muß Sie bitten, sich vorerst zu unserer Verfügung zu halten. Mit Ihrer Verlobten können Sie natürlich telefonieren, das möchte ich Ihnen sogar raten, weil sie sich bestimmt Sorgen macht.«

Cromwell und Johnny verabschiedeten sich und verließen das Haus. Ihr Weg führte sie nicht weit. Auf Cromwells Vorschlag hin betraten sie ein kleines Restaurant.

»Ich bin schon ein paarmal hier gewesen, Johnny, und das Essen ist wirklich in Ordnung«, meinte der Chefinspektor. »Außerdem kann man sich ungestört unterhalten.«

Nachdem sie ihre Bestellungen aufgegeben hatten, sah Johnny seinen Begleiter fragend an.

»Na, was sagst du, Old Iron?«

»Pack du zuerst aus.«

»Ich weiß nicht recht, was ich glauben soll«, gab Johnny zu. »Wir haben beide Crossley sagen hören, daß er Cloverne den Tod wünschte, und wir wissen, daß er wütend war, weil Cloverne Miss Blair so schlecht behandelt hatte. Seine Aussage über die Vorgänge gestern nacht läßt sich hören, aber wir haben keine Bestätigung dafür.«

»Das stimmt nicht ganz«, meinte Cromwell. »In einigen Punkten deckt sie sich genau mit dem, was wir von Broome gehört haben. Crossley ist nicht unser einziger Verdächtiger. Es gibt noch andere. Hat ein zweiter Mann die Leiter benützt? Und war dieser Mann Moran? Crossley sagte, er sei kleiner als Moran gewesen.«

Er kann sich geirrt haben. Wenn es nicht Moran war, wer dann? Ich hätte nie gedacht, daß sich diese Geschichte so komplizieren würde, Johnny.« Cromwell machte ein zufriedenes Gesicht – ein Anzeichen dafür, daß er vor scheinbar unüberwindlichen Hindernissen stand. »Vergiß nicht, daß Lord Cloverne sich unter den Kriminellen zahlreiche Feinde gemacht hatte. Die Zahl der Leute, denen bekannt geworden war, daß er seine Fenster verbarrikadieren ließ, läßt sich gar nicht bestimmen. Und hältst du es nicht auch für einen merkwürdigen Zufall, daß er ausgerechnet gestern nacht ermordet wurde – bevor er das neue Testament unterschreiben konnte, das er sich von seinem Anwalt aufsetzen ließ?«

Sie schwiegen eine Weile, da die Kellnerin ihr Essen brachte.

»Das scheint doch der wesentlichste Punkt zu sein, nicht wahr, Old Iron?« meinte Johnny. »Das Testament, meine ich. Wie wirkt sich das für Moran aus – oder für Crossley, um ihn nicht zu vergessen?«

»Überhaupt nicht. Aber Lord Clovernes Tod ändert für Mr. und Mrs. Broome allerhand«, sagte Cromwell stirnrunzelnd. »Wenn ihr Arbeitgeber das neue Testament unterschrieben hätte, wären sie leer ausgegangen. Jetzt kassieren sie immerhin fünftausend Pfund.«

»Ich verstehe das nicht«, sagte Johnny. »Woher sollten die Broomes etwas über die Klauseln des neuen Testaments erfahren haben? Davon wußten doch nur Lord Cloverne und sein Anwalt. Im übrigen traue ich den beiden eine Mordtat nicht zu.«

»Darauf kann man sich nicht verlassen«, erwiderte der Chefinspektor. »Für die Broomes sind fünftausend Pfund eine Menge Geld. Ich behaupte nicht, daß Mrs. Broome bei einem Verbrechen mitmachen würde, aber für ihren Mann möchte ich die Hand nicht ins Feuer legen. Er wirkt vertrottelt, aber so naiv kann ein erwachsener Mensch doch gar nicht sein. Immerhin, ich glaube auch nicht, daß *er* Lord Cloverne umgebracht hat.«

Johnny starrte ihn an. »Warum die Betonung auf er?«

»Denk doch einmal nach«, meinte Ironsides.

»Du meinst, daß ein anderer...« Der Sergeant riß die Augen auf. »Halt mal! Crossley sagte, der Mann auf der Leiter sei klein und agil gewesen – kleiner als Moran. Er hat ihn nicht genau sehen können, weil es zu dunkel war. Willst du vielleicht andeuten, daß es nicht er, sondern Miss Blair gewesen sein könnte?«

»Das ist deine Idee, nicht meine.«

»Schon, aber es würde sehr gut passen!« sagte Johnny eifrig, während er seinen leeren Teller wegschob. »Eine kleine und agile Person... Ja, Crossley sagte, der Mann habe aufgeschrien, als er zupackte. Schreit denn ein Mann auf? Und daß Heather Blair vor allen anderen den alten Mann gehaßt hat, das dürfte doch wohl feststehen. Wenn sie und Crossley nun gemeinsam gestern nacht im Haus waren?«

»Das ist eine vage Möglichkeit, Johnny, und wir könnten Miss Blair auf die Verdächtigenliste setzen, aber wir wollen uns doch an die Realitäten halten. Ohne zu überlegen, könnte ich dir zehn Fragen stellen, die deine Theorie völlig widerlegen würden. Denk lieber noch einmal nach.«

»Was soll das nützen? Da ist ja niemand mehr«, meinte Johnny.

»Du hast aber gerade so getan, als gäbe es noch jemanden.« Er zog die Brauen zusammen. »Menschenskind! Du meinst doch nicht etwa den kleinen Burschen, den wir in Broomes Küche gesehen haben – wie hieß er doch gleich? Walters?«

»Bert Walters – Mrs. Broomes Neffe.«

»Aber er hat doch mit der Sache nichts zu schaffen, er hat doch nur seine Tante besucht. Sicher, er gefiel mir auch nicht, aber ich sehe nicht ein...«

»Warum nicht? Was hatte er heute vormittag dort zu suchen?«

»Na, er kam eben so vorbei.«

»Behauptet er.«

»Du glaubst, daß er lügt?«

»Als ich den Burschen heute früh sah, war er recht aufgeregt«, sagte Cromwell. »Nicht nur aufgeregt, sondern sogar ängstlich. Du hast ihn doch auch gesehen? Ist dir an seinen Augen nichts aufgefallen?«

»Nicht, daß ich wüßte.«

»Das wundert mich nicht – du paßt ja nie auf«, sagte Ironsides seufzend. »Ich möchte schwören, daß der junge Mann die ganze Nacht nicht geschlafen hatte. Trotz seiner schlecht verborgenen Erregung war er erledigt – vollkommen erschöpft. Wenn er die ganze Nacht nicht ins Bett gekommen ist, wo ist er dann gewesen? Ich werde ihn mir gleich mal vorknöpfen.«

Bevor Cromwell diesen Entschluß jedoch in die Tat umsetzen konnte, mußte er sich mit einer Meute von Reportern herumschlagen, die ihn umringte, als Johnny den Wagen vor dem Haus Lord Clovernes am Blount Square zum Stehen brachte. »Wir warten schon die ganze Zeit auf Sie, Mr. Cromwell«, rief einer der Journalisten. »Heraus mit der Sprache! Wir wollten mit einem Ihrer Untergebenen reden, aber die Kerle sind ja alle bis zum Hals zugeknöpft. Stimmt es, daß Lord Cloverne nach seiner Ermordung in ein Kostüm gesteckt worden ist?«

Die Reporter überschrien einander mit Fragen, und Johnny Lister hörte interessiert zu, während der Chefinspektor die Journalisten mit Stoff versorgte. Er hielt eine kleine Rede und gab ihnen scheinbar zahlreiche Informationen – bis sie später entdeckten, daß sie ebenso klug waren wie zuvor.

»Gut gemacht«, lachte Johnny, nachdem er und sein Vorgesetzter das Haus betreten hatten, und Cromwell den Reportern die Tür vor der Nase zugemacht hatte.

»Sie bekommen schon, was sie brauchen – aber erst, wenn wir soweit sind«, gab der Chefinspektor säuerlich zurück. »Wir haben ja kaum angefangen.« Er verstummte, als Sergeant Willis auf der Schwelle des Speisezimmers erschien.

»Gibt es etwas Neues, Willis?«

Der Sergeant grinste. »Ich habe Sie gerade vom Fenster aus beobachtet, Sir«, meinte er. »Bei mir haben sie es auch versucht, aber ich habe nicht mitgespielt.« Er nahm sich zusammen, als er Cromwells Miene sah. »Jawohl, Sir«, meldete er, »ich habe etwas zu melden. Vor zehn Minuten bin ich vom Yard zurückgekommen. Dieser Bert Walters ist vorbestraft.«

»Das habe ich mir schon gedacht. Und?«

»Nichts Ernstes – Taschendiebstähle in erster Linie«, sagte Willis. »Ein paar kleine Strafen. Das letztemal vor sechs Monaten, als er aus einem Laden in Camden Towen ein Radio geklaut hatte. Drei Monate bekam er dafür.«

»Und die Broomes?«

»Nichts, Sir.«

»Sagen Sie Broome, daß ich mit ihm sprechen möchte. Ist Walters übrigens noch da?«

»Jawohl, Sir, er sitzt in der Küche.«

Willis verschwand, und ein paar Minuten später erschien Broome. Er schien sich von seiner Erregung gut erholt zu haben und trat wieder als würdevoller Butler auf.

»Noch ein paar Fragen, Broome«, sagte Cromwell. »Welche Räume im Haus sind von Lord Cloverne überhaupt benützt worden?«

»Nur diese Seite hier, Sir. Das Speisezimmer, die Bibliothek, das kleine Arbeitszimmer, die Dienerwohnung unten und das Schlafzimmer im Obergeschoß. Sie wissen ja, daß das Schlafzimmer Seiner Lordschaft im ersten Stock liegt.«

»Und das Schlafzimmer von Ihnen und Ihrer Frau?«

»Das ist auf der anderen Seite.«

»Ihr Schlafzimmer ist also der einzige Raum in dem sonst unbenützten Teil des Hauses.«

»Nur vorübergehend, Sir«, erwiderte Broome. »Unser eigentliches Schlafzimmer befand sich unmittelbar über dem Seiner Lordschaft im zweiten Stock. Das Fenster schloß aber nicht ganz, es zog dauernd und manchmal regnete es sogar herein, und deshalb zogen wir um. Ich bat Seine Lordschaft immer wieder, eine Reparatur anzuordnen, aber er schob es ständig hinaus. Er war sehr eigensinnig, Sir, und je dringender man ihn um etwas bat, desto mehr Widerstand leistete er.«

Cromwell pflichtete ihm hierin bei. Er nahm Johnny Lister beiseite und sagte leise: »Langsam klärt sich die Sache, Johnny. Du erinnerst dich doch an Broomes Behauptung, daß die Glocke nicht ein zweitesmal geläutet habe? Und an das Gepolter an der Tür, das vom Lärm der Düsenmaschine übertönt wurde? Crossleys Aussage stimmt mit Broomes Behauptung überein. Broome glaubte, seine Frau habe sich das Läuten nur eingebildet, aber wenn Crossley die Wahrheit sagt, hat sie sich nicht getäuscht.«

»Crossley hat auch an die Tür geschlagen.«

»Eben«, meinte Ironsides und ging zu Broome zurück. »Was ist mit den Zimmern im Erdgeschoß und denen hier im unbenützten Teil des Hauses? Sind die immer abgeschlossen?«

»Jawohl, Sir. Seine Lordschaft lebte sehr zurückgezogen und bekam fast nie Besuch. Andernfalls hätte man wesentlich mehr Personal gebraucht. Meine Frau hatte schon genug zu tun, um diese Seite des Hauses zu versorgen.«

Cromwell nickte und schlenderte durch die dunkle Halle in die Bibliothek, wo er sich stirnrunzelnd umsah.

Das Mobiliar war massiv und alt, und alles wirkte ein wenig vernachlässigt. Und nicht nur das, Cromwell spürte auch, daß hier irgend etwas nicht stimmte. Das ganze Haus hatte eine Atmosphäre, die zu weiteren Nachforschungen geradezu herausforderte.

Johnny war Ironsides gefolgt und wartete neugierig. Broome, der nicht wußte, ob man ihn noch brauchte, blieb an der Tür stehen.

Als Cromwell sich umwandte, blieb sein Blick an dem Butler hängen, und seine Gedanken schlugen eine andere Richtung ein. Warum waren die beiden Broomes so nervös? Für den hageren kleinen Neffen galt das gleiche. Cromwell war es vom ersten Augenblick an aufgefallen. Sie bemühten sich, ihre Erregung nicht zu zeigen, aber der tragische Tod Lord Clovernes konnte nicht allein für diese Unsicherheit verantwortlich sein.

»Broome, bitten Sie Sergeant Willis hierher«, sagte der Chefinspektor plötzlich.

»Jawohl, Sir.« Broome zog sich langsam und gemessenen Schrittes zurück.

»Was ist gestern nacht in diesem Haus wirklich passiert, Johnny?« fragte Ironsides nachdenklich.

»Du meinst, mehr als wir wissen?«

»Allerdings. Wesentlich mehr, als wir wissen. Broome hat uns erzählt, daß Lord Cloverne sich nie in der Bibliothek aufgehalten hat. Sie gefiel ihm nicht, weil sie zu groß war. Er zog das kleine Arbeitszimmer vor. Sie soll also nie benützt worden sein. Schau dich aber mal um.«

Johnny gehorchte und kam sich ziemlich albern dabei vor.

»Ich sehe nichts Erstaunliches, Old Iron«, meinte er. »Daß das Zimmer nie benützt worden ist, sieht doch ein Blinder. Alles voller Staub, kein Feuer im Kamin, keine andere Heizgelegenheit und generell der Eindruck des Unbewohntseins.«

»Aber wenn du genau hinsiehst, wirst du Spuren erkennen, die darauf hindeuten, daß die Bibliothek vor kurzer Zeit durchsucht worden ist«, meinte Cromwell. »Die meisten Bücher stehen unordentlich in ihren Fächern. Schau dir die Silbersachen auf dem Büfett dort drüben an. Jemand hat sie nicht auf die richtige Stelle zurückgeschoben. Jemand ist hier herumgekrochen und hat etwas gesucht. Vielleicht gestern nacht.«

»Du glaubst doch nicht, daß unsere Leute . . .«

»Nein, Johnny. Ich habe ja keine Anweisung gegeben, daß dieser Raum durchsucht werden soll. Sie hatten genug anderes zu tun. Hier war nur Sergeant Willis, der nach Fingerabdrücken gesucht hat, und dem traue ich nicht zu, daß er so schlampig arbeitet.«

Willis erschien auf der Türschwelle.

»Sie haben hier nach Fingerabdrücken gesucht, Sergeant?«

»Jawohl, Sir. Abdrücke Seiner Lordschaft habe ich nicht gefunden, aber ein paar alte von Mr. und Mrs. Broome«, meinte Willis. »Und auch eine ganze Menge von Bert Walters.«

»Tatsächlich?« sagte Cromwell. »Sehr interessant.« Er machte ein Gesicht, als habe er diese Antwort erwartet.

»Bringen Sie Mr. Walters herauf.«

»Jawohl, Sir.«

»Einen Moment noch. Ich möchte noch etwas mit Ihnen besprechen«, sagte der Chefinspektor. Johnny, hol du Walters.«

Johnny Lister stieg ins Souterrain hinunter und fand Mr. Broomes Neffen in der Küche; wie üblich lümmelte er sich in Broomes Lieblingssessel. Er hob nervös den Kopf, als Johnny eintrat. Aus einem Mundwinkel hing eine Zigarette.

»Marsch, mein Junge«, sagte Johnny, »der Chefinspektor hat Ihnen ein paar Fragen zu stellen.«

»Mir? Wieso denn?«

»Das werden Sie schon sehen.«

»Ich weiß doch gar nichts«, beschwerte sich Bert. »Ich bin nur hier, weil ich Tante Edith trösten wollte. Ich kam heute früh vorbei und wollte nur ein paar Minuten bleiben, aber als der alte Knabe gefunden wurde ...«

»Schon gut. Sparen Sie sich das für Mr. Cromwell auf.«

Der andere erhob sich widerwillig und begleitete Johnny in die Bibliothek.

»Mr. Walters, ich möchte Sie etwas fragen«, sagte Cromwell und starrte den jungen Mann düster an. »Sie haben heute früh Ihre Tante besucht, nachdem Sie von Lord Clovernes Tod erfahren hatten ...«

»Nein, Sir. Vom Tod des alten Mannes erfuhr ich erst, als ich schon hier war«, unterbrach ihn Bert. »Ich wollte eigentlich nur ein paar Minuten bleiben.«

»Das ist gelogen, nicht wahr?«

»Nein, Sir.«

»Sie sind nicht heute früh gekommen, sondern gestern abend, und über Nacht geblieben.«

»Nein, Sir, das stimmt nicht.«

»Überlegen Sie sich's noch einmal«, fauchte Ironsides. »Wenn Sie so weiterlügen, sehe ich schwarz für Sie. Ich will die Wahrheit wissen. Wann haben Sie das Haus wirklich betreten? Warum sind Sie über Nacht geblieben, und warum wollen Sie jetzt um jeden Preis versuchen, das zu vertuschen?«

In Bert Walters Gesicht zuckte es. Seine wäßrigen Augen ließen Angst erkennen.

»Na ja, wenn Sie's unbedingt wissen wollen, ich bin heute nacht hiergeblieben«, murmelte er, nahm seinen ganzen Mut zusammen und stellte sich in Positur. »Was ist denn schon dabei? Ich bin zum Abendessen dageblieben, und als ich wegwollte, war der Nebel so dicht, daß ich kaum mehr heimgefunden hätte. Tante Edith hat dann gesagt, daß ich bleiben darf.«

»Wo haben Sie geschlafen?«

»In der Küche. Dort steht ein altes Sofa, und in der Küche ist es ja immer warm. Meine Tante hat mich schon ein paarmal hier schlafen lassen. Na und?«

»Lord Cloverne wäre zwar nicht damit einverstanden gewesen, aber darauf kommt es jetzt nicht an«, meinte Cromwell. »Worauf ich hinauswill, ist folgendes: Warum haben Sie mitten in der Nacht die Küche verlassen, sind in die Bibliothek hinaufgegangen und haben sie durchsucht?«

Bert zuckte bei dieser unerwarteten Frage zusammen.

»Das habe ich nicht getan«, sagte er schrill. »Ich bin nachts noch nie hiergewesen. Warum auch?«

»Genau das möchte ich ja wissen. Warum?«

»Aber es ist doch nicht wahr, Sir. Ich komme nachts nicht hier rauf.«

»Sie wollen mich wohl lieber aufs Polizeirevier begleiten?« fragte Cromwell zornig. »Wir haben in diesem Raum Ihre Fingerabdrücke gefunden. Sie glauben wohl, daß die ein Geist hier hinterlassen hat? Wann waren Sie hier? Heute vormittag? Oder während der Nacht, als alles still war?«

»Ja, Chefinspektor, es stimmt«, gab der junge Mann plötzlich zu. »Aber da ist doch nichts Schlimmes dabei. Ich bin nur raufgekommen, um mir etwas zum Lesen zu holen.«

»Sonst wollten Sie nichts?«

»Nein, Sir.«

»Sie haben sicher ein umfangreiches klassisches Werk als Lektüre gewählt?« fragte Cromwell sarkastisch. »Leichtere Lektüre gibt es hier nämlich nicht. Oder haben Sie erwartet, eine Sammlung von Schundheften zu finden?«

»Mir war ganz egal, was es für Bücher sind, ich wollte nur was zum Lesen haben«, murmelte Bert mürrisch. »Ich hab' ja dann auch nichts Passendes gefunden ...«

»Das genügt – sparen Sie sich Ihre Lügen für eine andere Gelegenheit«, unterbrach ihn Cromwell. »Haben Sie etwas gehört, als Sie in den frühen Morgenstunden im Haus herumschlichen?«

»Es war nicht in den frühen Morgenstunden«, protestierte der andere. »Es war kurz nach elf. Meine Tante und mein Onkel sind um elf Uhr schlafen gegangen, wie jeden Tag. Es war erst halb zwölf, als ich raufkam und ein Buch suchen wollte.«

»Wie lange waren Sie hier oben?«

»Nur ein paar Minuten, Sir; ich ging wieder in die Küche und war plötzlich sehr müde; deswegen legte ich mich aufs Sofa und richtete mich für die Nacht ein«, sagte Bert. »Komischerweise bin ich gleich eingeschlafen und erst in der Frühe wieder aufgewacht.«

»Sie haben also während der Nacht nichts gehört?«

»Nein, Sir, gar nichts.«

Cromwell setzte ihm zu, vermochte ihn aber zu keiner anderen Aussage zu bewegen. Er sei vor Mitternacht eingeschlafen und könne sich an kein seltsames Geräusch erinnern. Am Morgen habe ihn seine Tante mit der schrecklichen Nachricht geweckt, daß Lord Cloverne ermordet worden sei.

»Also gut, Walters, Sie können gehen«, sagte der Chefinspektor kurz angebunden. »Aber bleiben Sie im Haus. Ich brauche Sie vielleicht noch einmal.«

Bert Walters suchte erschrocken das Weite.

»Den bring ich schon noch soweit, Johnny«, sagte Cromwell scharf. »Wenn ich nur wüßte, was er in der Bibliothek gesucht hat!«

## 10

»Er will also von Mitternacht an fest geschlafen haben«, meinte Johnny Lister. »Wer's glaubt!«

»Ich glaube ihm überhaupt nichts«, gab Ironsides zurück. »Er muß die Glocke gehört haben, so fest kann er gar nicht geschlafen haben. Crossley läutete in den frühen Morgenstunden, und die Glocke hängt vor der Küchentür im Korridor. Auch das Gepolter an der Tür muß der Bursche gehört haben. Warum hat er nichts unternommen?«

»Crossley behauptete doch, der Glockenzug sei ihm in den Händen geblieben, als er zum zweitenmal daran zerrte.«

»Und Broome sagt, seine Frau habe die Glocke läuten hören, aber dann sei alles still geblieben«, meinte der Chefinspektor nachdenklich. »Geh mal hinunter, Johnny, und schau dir die Glocke an. Dann werden wir gleich wissen, ob jemand daran herumgefummelt hat.«

Nachdem Lister gegangen war, wanderte Cromwell ein paar Minuten in der Bibliothek auf und ab, dann betrat er das Arbeitszimmer nebenan, wo im Kamin ein Feuer brannte. Hier war es weitaus gemütlicher. Als Johnny Lister zurückkehrte, ertappte er seinen Vorgesetzten dabei, wie sich dieser die Rückseite am Feuer wärmte.

»Du hast wieder einmal richtig getippt, Old Iron. Der Glockenzug ist durchgeschnitten und dann ziemlich hastig wieder zusammengefügt worden. Bert Walters muß das getan haben, bevor Crossley zum erstenmal läutete. Deswegen hat Crossley den Glockenzug auch in der Hand gehabt, als er es noch einmal versuchte. Bert muß ganz schön erschrocken sein.«

»Das kann ich mir vorstellen. Muß ja auch eine feine Sache sein, wenn mitten in der Nacht jemand läutet«, sagte Cromwell, während er sich in Lord Clovernes Schreibtischsessel setzte. »Fassen wir einmal kurz zusammen. Was haben wir bis jetzt erreicht? Wir verfügen über ein paar Verdächtige. Moran – Crossley – Walters – Broome...«

»Broome?« unterbrach ihn Johnny.

»Ja, Broome.«

»Ausgeschlossen, Old Iron. Broome ist ein großer, stämmiger Mann. Crossley behauptet aber doch, der Mann, der die Leiter heruntergekommen ist, sei klein und flink gewesen.«

»So klein und flink, daß wir sogar eine ganz andere Person dahinter vermuteten – Miss Heather Blair, wie?« sagte Ironsides und zwinkerte Johnny zu. »Diese agile, kleine Gestalt interessiert mich wirklich. Aber für den Augenblick wollen wir sie einmal beiseite lassen. Ist dir noch nicht der Gedanke gekommen, daß der Mord an Lord Cloverne eine interne Sache gewesen sein könnte?«

»Du meinst die Broomes?«

»Nicht die Broomes – nicht Mrs. Broome«, sagte der Chefinspektor. »Aber was ist mit ihm? Woher wissen wir, daß er nicht der Mörder ist? Ich halte es für bedeutsam, daß er sich an einem Finger der linken Hand verletzt hat. Er behauptet, sich die Schnittwunde beim Öffnen einer Sardinenbüchse zugezogen zu haben, aber ob das stimmt, ist eine andere Frage.«

»Du meinst, die Blutflecken oben am Fensterbrett und an der Holzvergitterung? Donnerwetter! Broome wäre durchaus in der Lage gewesen, die Vergitterung von innen hinauszuzwängen.

»Mir fallen da noch ein paar andere Sachen ein«, meinte Old Iron gelassen. »Der Fall wird wirklich interessant. Irgendwie sehe ich

Bert Walters als eine Zentralfigur. Wenn Broome der Täter ist, könnte er Bert dazu veranlaßt haben, draußen die Leiter anzulehnen, damit man auf den Gedanken kommen sollte, Cloverne sei von einem Einbrecher umgebracht worden.«

»Aber Crossley hat doch tatsächlich jemanden gesehen, der die Leiter hinuntergestiegen ist«, wandte Johnny ein. »Wenn Broome die Tat begangen hat, warum stieg er dann überhaupt auf die Leiter?«

»Es war neblig, vielleicht ist Bert hinaufgestiegen, um sicherzugehen, daß die Leiter am richtigen Fenster lehnte. Auf jeden Fall war er es, den Crossley packte – er, der aufschrie und davonlief. Crossley hatte ja seine Zweifel, ob das wirklich Moran war.«

»Womit endgültig widerlegt wäre, daß Miss Blair es gewesen sein könnte«, sagte Johnny erleichtert. »Ich habe ja nicht im Ernst geglaubt...«

»Machen wir uns doch die Sache nicht noch schwerer als sie schon ist«, unterbrach ihn Cromwell. »Wir tappen immer noch im dunkeln, Johnny. Wir haben nicht den kleinsten Beweis dafür, daß Walters oder Broome Lord Cloverne allein oder gemeinsam getötet haben. Wir verlassen uns auf Spekulationen – und das ist nicht meine Art. Im Augenblick können wir uns aber auf nichts anderes stützen.«

»Ich bin froh, daß du einmal gegen eine deiner eigenen Regeln verstößt, Old Iron«, sagte Johnny. »Bei Broome bin ich mir einfach nicht sicher. Warum sollte er den alten Mann umbringen? Lord Clovernes Tod bedeutete doch auf jeden Fall, daß er seine Stellung verlor und damit seinen Lebensunterhalt.«

»Vergiß das neue Testament nicht, Johnny.«

»Wieso?«

»Ich traue Broome nicht«, meinte Ironsides. »Wenn er nun an der Tür gelauscht hat, als Mr. Twyford mit Lord Cloverne im Arbeitszimmer sprach? Wenn er nun gehört hat, daß der alte Mann Mr. Twyford den Auftrag gab, ein neues Testament aufzusetzen?«

»Du meinst ... ja, das ist allerdings wahr«, sagte Johnny, während er sich eine Zigarette anzündete. »Es gibt wohl nur wenige Butler, die ihre Herrschaften nicht belauschen. Und Broome war vielleicht neugierig, weil er ja wußte, daß Mr. Twyford Rechtsanwalt ist. Wenn er das Gespräch mitgehört hat, muß er herausgefunden haben, daß Lord Cloverne ihm und seiner Frau nichts hinterlassen wollte.«

»Genau. Im neuen Testament werden den Broomes fünftausend Pfund genommen, die ihnen im ersten Testament, das Lord Cloverne vor drei Jahren gemacht hat, zugedacht waren. Der Gedanke ist jedenfalls einer Überlegung wert!«

»Allerdings«, gab der Sergeant zu. »Ja, Old Iron, was meinst du dazu? Broome entschloß sich, als er wußte, daß im neuen Testament für ihn und seine Frau nichts vorgesehen war, den Alten während der Nacht zu töten, weil das Testament schon am folgenden Vormittag unterschrieben werden sollte. Er wußte, daß Moran Lord Cloverne nach dem Leben trachtete und es auch sicher nach dem Mißerfolg vom Guy-Fawkes-Tag noch einmal versuchen würde. Was tut er also? Er nützt die Gelegenheit.«

»Weiter. Das klingt bis jetzt recht gut.«

»Er bringt Lord Cloverne während der Nacht um und richtet alles so ein, daß alle Spuren auf Moran deuten. Auf diese Weise bleibt allein das alte Testament gültig. Broome ist ein kräftiger Mann, er kann sehr gut nachts in Lord Clovernes Zimmer geschlichen sein und ihn erdrosselt haben. Diese ganzen Ausschmückungen – mit Hermelin und schwarzer Kopfbedeckung – sollten nur dazu dienen, Moran als den Täter hinzustellen. Ich persönlich finde ja, daß er es übertrieben hat, aber die meisten Mörder halten sich für besonders schlau.«

»Wo du recht hast, hast du recht«, meinte Ironsides nachdenklich. »Aber wir dürfen nicht den Tatsachen vorauseilen, Johnny. Ich riskiere jedenfalls noch nichts. Irgendwie kommt es mir vor, als sei noch etwas zu entdecken, das ein ganz neues Licht auf die Sache wirft. Diese Theorie über Broome kann ebensogut glatter Unsinn sein.«

Er stand ruhelos auf und klopfte die Pfeife im Kamin aus.

»Bevor wir etwas unternehmen, möchte ich mir die anderen Räume ansehen – du weißt schon, die, die man seit Jahren nicht mehr benützt hat«, fuhr er fort. »Das machen wir am besten gleich.«

»Aber da werden wir doch kaum etwas finden!«

»Ich weiß nicht recht. In diesem Haus verlasse ich mich auf gar nichts«, knurrte Cromwell auf dem Weg zur Tür. »Mit dem unbenützten Teil des Hauses haben wir uns noch gar nicht befaßt. Wir wollen mal sehen, was wir da finden.«

Sie betraten durch die Bibliothek die Halle und marschierten zu einer großen Tür. Dahinter befand sich ein breiter Korridor, der mit einem abgenützten, verblaßten Teppich ausgelegt war. Die beiden Kriminalbeamten registrierten die in diesem Teil des Hauses herrschende Kälte. Cromwell öffnete aufs Geratewohl eine Tür, betrat einen düsteren Raum und sah sich um. Durch das große Fenster fiel nur wenig Licht herein, was zum Teil an der schweren Holzvergitterung, zum Teil aber auch an den halb zugezogenen Samtvorhängen lag. Das Zimmer schien nur teilmöbliert zu sein; es gab keinen Teppich und nur wenige Möbelstücke.

Cromwell verließ das Zimmer und besichtigte ein paar andere. Ihren Verwendungszweck in früheren Jahrzehnten konnte man kaum noch erkennen; schon der erste Blick verriet, daß seit vielen Jahren kein Fuß mehr die Räume betreten hatte.

»Das ist doch wirklich sinnlos, Old Iron«, sagte Johnny, als sie wieder in ein Zimmer starrten. »Aber mit dem Haus könnte man allerhand anfangen. Es ist wirklich eine Verschwendung, wenn man sich überlegt, daß der alte Mann hier ganz alleine gelebt hat.«

Ironsides schwieg. Er trat langsam in das Zimmer. Ein Blick in die Runde zeigte ihm, daß dies einer der großen Wohnräume gewesen war. Über die Möbel hatte man graue Schoner gezogen, der Teppich war handgewebt und hatte ausdrucksvolle Farben. Johnny wollte eben zu dem verhangenen Fenster gehen, als Cromwell ihn aufhielt. »Warte mal«, sagte er. »Schau dir den Teppich an. Er scheint feucht zu sein, und diese Spuren wirken ganz frisch.« Er bückte sich, nahm seine Taschenlampe zu Hilfe und untersuchte die Spuren. Erst jetzt bemerkte auch Johnny die Spuren. »Jemand ist während der Nacht durch dieses Zimmer gegangen«, sagte Cromwell. Er hob den Kopf. »Ja, genau, was ich erwartet habe. Sei vorsichtig und zertritt mir die Spuren nicht.« Sie gingen zu der anderen Tür hinüber und öffneten sie. Dahinter lag ein dunkler, schmaler Gang mit Steinboden, auf dem hier und dort Moos wuchs.

Der Staub von Jahren lag unberührt, und es roch wie in einem feuchten Keller.

»Das ist schon besser«, sagte Cromwell. »Unser geheimnisvoller Freund hat hier keine allzu große Vorsicht walten lassen. Er ging zu dieser Tür ...«

»Hier ist eine Hintertreppe«, unterbrach ihn Johnny, der ein paar Schritte vorausgegangen war. »War wohl früher für die Dienerschaft gedacht. Ein rückwärtiger Aufgang zu den oberen Stockwerken.«

Schon eine oberflächliche Untersuchung der Treppe bewies, daß sie erst vor kurzem benützt worden sein mußte. Auf den einzelnen Stufen zeigten sich Schleifspuren im Staub. Ironsides war jedoch noch mehr an der Tür interessiert, zu der die Fußspuren führten. Sie öffneten sie und traten in ein kleines Zimmer mit schmalem Fenster. Cromwell lachte zufrieden, als sich seine Augen an das Halbdunkel gewöhnt hatten.

»Was hältst du davon, Johnny?« fragte er. »Schau dir das altmodische Sofa mit den zusammengedrückten Federn an. Sieht so aus, als sei das Zimmer vor Jahren von einer Haushälterin oder einem anderen Dienstboten benützt worden. Da drüben ist auch eine alte Nähmaschine. Aber das Sofa ist doch noch viel interessanter. Nicht schlecht! Wir kommen voran.«

»Was ist an dem Sofa so bedeutsam?«

»Schau doch genau hin! Siehst du die tiefen Eindrücke in den Polstern? Jemand hat auf dem alten Möbelstück die Nacht – oder ein paar Stunden der Nacht – verbracht. Man sieht ja noch die Umrisse des Körpers.«

»Das reicht aber doch nicht ...«

»Tut mir leid, aber da bin ich mir ganz sicher«, erwiderte der Chefinspektor. »Du hast doch die Möbelschoner in dem großen Zimmer gesehen? Unser Freund hat dieses Sofa gefunden und beschlossen, es zu benützen; es war sehr kalt hier, und er hatte nichts, um sich zuzudecken. Was tat er also? Er ging in das große Zimmer zurück, holte ein paar von den Möbelschonern und trug sie herüber. Sie waren natürlich nicht so gut wie eine Wolldecke, aber immerhin besser als gar nichts.«

»Jetzt erzähl mir bloß, daß du das alles hier gesehen hast«, meinte Johnny verblüfft.

»Ich sehe mich eben genau um«, gab Cromwell zurück. »Man konnte deutlich sehen, daß ein paar von den Möbelschonern abgenommen und wieder zurückgebracht worden waren. Zu welchem Zweck – wenn nicht zu dem, den ich gerade erwähnt habe? Hier ist die Antwort. Die Person, die während der Nacht hier herumgeschlichen ist, verbrachte zumindest ein paar Stunden auf diesem Sofa. Das bedeutet nichts anderes, als daß derjenige einfach die Zeit totschlagen wollte.«

»In diesem kalten, feuchten Raum kann man sich höchstens den Tod holen«, sagte Johnny fröstelnd. »Der Kerl muß wohl verrückt gewesen sein, wenn er sich auf eine Lungenentzündung... Moment mal! Crossley! Er könnte sich hier erkältet haben!«

»Oder auf dem Friedhof, wie er behauptet hat. Nein, ich glaube nicht, daß Crossley der Mann ist, der hier ein paar Stunden verbracht hat.«

»Wer dann? Bert Walters?«

»Warum er? Er hatte es in der Küche doch viel gemütlicher.«

»Dann war also noch ein anderer hier«, sagte Johnny nachdenklich. »Broome kann es ja nicht gewesen sein. Verdammt noch mal, Old Iron, die Sache wird immer undurchsichtiger. Der alte Cloverne wurde in den frühen Morgenstunden ermordet, als die Broomes fest schliefen. Der Mörder wartete, bis alles ganz still war. Was wir hier gefunden haben, deutet darauf hin, daß der Mörder gewartet hat – Moment mal!«

Johnny kratzte sich am Kopf. »Vielleicht ist deine Theorie über Broome falsch«, fuhr er fort. »Du hast angedeutet, Broome habe das Gespräch zwischen Lord Cloverne und dem Anwalt belauscht und das Gitter am Fenster im ersten Stock herausgerissen, um zu vertuschen, daß der Mörder hier im Haus wohnt.«

»Nun?«

»Ist es nicht möglich, daß du dich getäuscht hast, Old Iron? Deutet das nicht vielmehr darauf hin, daß Moran der Täter ist? Kann er nicht die Leiter angelehnt haben und eingebrochen sein? Es kann ja vor Mitternacht gewesen sein, und als er unterwegs zu Lord Clovernes Schlafzimmer war, läutete Crossley an der Haustür. Moran fuhr der Schrecken in die Glieder, er rannte die Hintertreppe hinunter, entdeckte dieses Zimmer und beschloß, sich ein paar Stunden zu verstecken.«

»Nicht schlecht ausgeklügelt, Johnny, vielleicht triffst du sogar den Nagel auf den Kopf«, sagte Cromwell anerkennend. »Moran ist schließlich der wahrscheinlichste Täter. Wir wissen, was wir von ihm zu halten haben; er hatte es ja schon einmal versucht! Wenn wir ihn nur schon geschnappt hätten! Ich würde mich zu gern mit ihm unterhalten.« Sie schwiegen eine Weile.

»Auf die Dauer kann er sich ja nicht verbergen«, meinte Johnny schließlich. »Früher oder später wird er doch erwischt, und dann wirst du sehen, daß ich recht habe.«

»Sei nur nicht zu sicher«, warnte ihn Cromwell. »Zugegeben, Moran ist Verdächtiger Nummer eins, weil er erstens versucht hat, Lord Cloverne mit dem Kanonenschlag umzubringen, und zweitens in der nächsten Nacht ins Haus eindrang, wobei ihn Crossley erkannte. Gefängnisblässe – Narbe am Kinn. Dieser Mann ist eindeutig Moran gewesen. Ich glaube auch, daß er gestern nacht hier war – daß er der Mann war, der die Leiter hinunterstieg und aufschrie, als Crossley ihn packen wollte.«

»Crossley sagte aber, der Bursche sei kleiner gewesen ...«

»Er kann sich geirrt haben. Er muß sich geirrt haben.«

»Mir fällt noch etwas ein«, sagte Johnny. »Wenn du bei Broome nun doch richtig getippt hättest? Es ist mehr als wahrscheinlich, daß er Bert Walters ins Vertrauen gezogen hat. Deswegen ist Bert so nervös. Broome war entschlossen, sich sein Erbteil zu sichern, aber er schreckte vor dem Gedanken zurück, einen Mord zu begehen. Ist es nicht möglich, daß Bert einen seiner Kumpane dazu angestiftet hat, die Sache zu übernehmen? Es könnte dieser Freund gewesen sein, der die Leiter benützt hat, eingebrochen ist und es mit der Angst zu tun bekam, als Crossley an der Tür läutete; es war der gleiche Mann, der in diesen Teil des Hauses entwischt ist und ein paar Stunden gewartet hat.«

Der Chefinspektor rieb sich das Kinn. »Alles Vermutungen, Johnny«, brummte er. »Der Mann, der während der Nacht auf diesem Sofa geschlafen hat, kann unser geheimnisvoller Mr. X sein, aber das ist lediglich eine Annahme. Sehr viel wahrscheinlicher dürfte sein, daß Moran als Täter in Frage kommt. Ich habe auch ein paar Ideen. Wir wissen, daß Moran von dem Gedanken besessen war, sich an Lord Cloverne zu rächen. Es dürfte doch sehr viel dafür sprechen, daß er das Haus beobachtet hat. Und in diesem Fall muß er gestern vormittag die Arbeiter gesehen haben. Er wußte, daß es nicht einfach sein würde, ins Haus einzudringen, sobald einmal alle Holzgitter angebracht waren. Er könnte sich an Ort und Stelle entschlossen haben, das Haus zu betreten, bevor die Gitter befestigt waren.«

»Am hellichten Tag?«

»Warum nicht? Es war neblig. Überall liefen Arbeiter mit Leitern und Werkzeug herum. Es gibt hier eine Menge Fenster im Erdgeschoß, auch auf der Hinterseite. Moran hätte sich leicht unter die Arbeiter mischen können, ohne aufzufallen. Andererseits hätte er auch hinten über die Mauer steigen könnne, ohne gesehen zu werden. Es war ganz einfach für ihn, eines der Erdgeschoßfenster zu öffnen und einzusteigen, ehe die Gitter angebracht waren.«

»Und dann hat er hier gewartet, den ganzen Tag und bis tief in die Nacht hinein?« fragte Johnny. »Na ja, klingt nicht schlecht. Aber wenn du recht hast, wenn er sich hier im Haus aufgehalten hat, was ist dann mit der Leiter? Warum hat er die aufgestellt, ich meine, wenn er schon im Haus war . . .?«

»Ja, da sitzen wir wieder an derselben Stelle fest«, unterbrach ihn Ironsides. »Verflucht noch mal, alle Theorien könnten der Wahrheit entsprechen, aber jedesmal finden wir etwas, womit wir uns selbst an der Nase herumführen. Fest steht jedenfalls nur, daß eine Person während der Nacht in Lord Clovernes Schlafzimmer eingedrungen ist und ihn erwürgt hat.«

»Wäre es nicht besser, Broome und Bert Walters getrennt zu verhören und zwar gründlich?« fragte Johnny. »Sollten wir sie nicht hierher bringen, um zu sehen, wie sie reagieren?«

»Nein, Johnny, ich möchte meine Karten noch nicht aufdekken«, erwiderte der Chefinspektor. »Der Fall ist komplizierter, als ich vermutet hatte. Irgend etwas fehlt noch. Davon bin ich überzeugt. Bis wir dieses Bindeglied finden, kommen wir keinen entscheidenden Schritt vorwärts. Hast du die Erbstücke vergessen?«

»Die was?«

»Sie sollen doch angeblich sehr wertvoll sein – und sie sollen sich im Haus befinden«, knurrte Cromwell. »Vielleicht sind sie wichtiger, als wir glauben. Eines weiß ich jedenfalls, Johnny: wir werden nicht weiterkommen, bis wir nicht Moran gefunden haben.« Der Chefinspektor schnitt eine Grimasse. »Der Mann, der im ersten Stock das Holzgitter weggerissen hat, hat sich dabei verletzt. Wenn Moran an der Hand oder am Arm eine Verletzung hat, wird er sich anstrengen müssen, eine plausible Erklärung dafür zu finden.«

## 11

Heather Blair las stirnrunzelnd einen Brief von Mr. Horace Twyford, der mit der Morgenpost gekommen war. Er ersuchte sie darin, sich zu einer Besprechung in seinem Büro in Lincoln's Inn einzufinden. Als einzige noch lebende Verwandte Lord Clovernes sei sie unter Umständen dazu in der Lage, ihm bei der Lösung der juristischen Probleme behilflich zu sein.

»Ich soll um halb elf Uhr zu ihm kommen, Alan«, sagte sie, als sie ihrem gerade eingetroffenen Verlobten den Brief zeigte. »Wieso soll ich ihm behilflich sein können? Ich weiß nicht, was er damit meint.«

»Das wird er dir schon erklären«, meinte Alan. »Du mußt auf alle Fälle hingehen. Ich begleite dich, wenn du willst.«

»Nein, nicht nötig«, erwiderte sie und sah Alan besorgt an. »Du gehörst ins Bett, du Kindskopf. Warum bist du denn überhaupt aufgestanden?«

»Herzlichen Dank für die Nachfrage. Da geht es mir gleich besser.«

»Sei nicht albern«, polterte sie los. »Mir ist es ernst. Du solltest dich wirklich wieder hinlegen.«

»Quatsch, ich habe heute früh Fieber gemessen, und die Temperatur ist fast normal«, sagte er. »Ich gebe zu, daß ich mich scheußlich fühle, aber im Bett will ich auch nicht die ganze Zeit liegen. Ich kann dich ganz gut begleiten, weil ich sowieso noch nicht im Büro arbeiten könnte.«

Er erzählte ihr von Cromwells Besuch und wurde um so zorniger, je mehr er über diese Unterhaltung nachdachte.

»Kannst du dir das vorstellen, Heather, er hält es doch tatsächlich für möglich, daß ich deinen Großvater umgebracht habe«, meinte er wütend. »Das hat er zwar nicht direkt ausgesprochen, aber man merkt so etwas ja schließlich.«

»Kein Wunder«, sagte Heather ohne Mitgefühl. »Du verlierst nicht nur deine schöne Uhr in dem alten Friedhof, nein, du mußt auch noch nachts hingehen, um sie zu suchen. Überrascht es dich vielleicht, daß du dich so erkältet hast?« Sie sah ihn kopfschüttelnd an. »Da muß es doch furchtbar unheimlich gewesen sein, so mitten zwischen den Geistern der Clovernes.«

»Es gibt keine Geister – es war nur naß und kalt«, gab er zurück. »Mein Pech, daß Cromwells Leute die Uhr gefunden haben. Natürlich sieht das nicht gut aus, aber ich konnte erklären, daß ich die Uhr vor ein paar Tagen verloren hatte.« Er wechselte das Thema. »Ich möchte nur wissen, warum dich Mr. Twyford sprechen will? Wahrscheinlich hat es mit dem Testament zu tun. Vielleicht hat dir der alte Knabe doch etwas hinterlassen.«

Sie schüttelte den Kopf. »Ich glaube nicht, daß ich etwas annehmen würde, selbst wenn es wirklich so sein sollte«, sagte sie bitter. »Ich sehe ihn noch deutlich vor mir, Alan. Ich spürte richtig, daß er mich abgrundtief haßte. Ich erinnerte ihn zu sehr an meine Mutter. Er erklärte mir immer wieder, daß ich nicht einen Penny seines Vermögens erhalten würde.«

»Jedenfalls bist du seine einzige Verwandte, und der Anwalt wird dir wohl so schonend wie möglich beibringen wollen, daß du nicht zu den Beschenkten gehörst. Mich würde nur interessieren, wer sein Geld bekommt.«

Sie ließen das Thema fallen. Alan begleitete Heather zu ihrem Arbeitsplatz und vereinbarte, sie um elf Uhr abzuholen. Nachdem sie sich mit den anderen Verkäuferinnen abgesprochen hatte, fuhr Alan sie um elf Uhr zum Lincoln's Inn und parkte seinen Wagen in der Nähe des würdevollen alten Gebäudes, in dem die Kanzlei Dewhurst, Jeffson und Twyford ihre Räume hatte.

Ein Kanzleiangestellter führte Heather in Mr. Twyfords

Arbeitszimmer. Der Anwalt begrüßte sie mit gemessener Höflichkeit.

»Es freut mich, daß Sie kommen konnten, Miss Blair«, begrüßte er sie. »Erlauben Sie, daß ich Ihnen mein Beileid zu dem plötzlichen und tragischen Tod Ihres Großvaters ausspreche. Er war ein berühmter Mann – ein großer Mann.«

»Er war gemein und ekelhaft«, erklärte Heather offen.

»Du meine Güte!« rief Mr. Twyford verblüfft.

»Sie können sich Ihr Mitgefühl sparen«, fuhr Heather gelassen fort. »Vor ein paar Tagen habe ich ihn zum erstenmal gesehen. Er bestellte mich zu sich, aber es kam ihm nur darauf an, meine Eltern zu beleidigen und Haßtiraden auf mich loszulassen. Er mag ja ein berühmter Richter gewesen sein, aber mir ist nie ein bösartigerer Mensch begegnet.«

Mr. Twyford, der sich von seinem Schock noch nicht ganz erholt hatte, nahm wieder Platz und sah das junge Mädchen interessiert an.

»In gewisser Weise erleichtert es mich, daß Sie bezüglich Ihres Großvaters keine Illusionen hegen«, meinte er. »Ich gebe zu, daß er ein grimmiger alter Mann war, wenn ich auch zum Glück wenig mit ihm zu tun hatte. Mein verstorbener Vater hat sich früher mit den Angelegenheiten Seiner Lordschaft befaßt. Kommen wir zur Sache. Leider muß ich Ihnen sagen, daß Sie nicht als Erbin eingesetzt sind.«

»Das überrascht mich nicht, Mr. Twyford. Er hat mir das selbst angekündigt.«

»Bedauerlich, daß er sich von derartigen Gefühlen leiten ließ«, meinte der Anwalt liebenswürdig. »Wirklich ungerecht. Vor über drei Jahren, als mein Vater noch lebte, machte er ein Testament, worin er sein ganzes Vermögen verschiedenen wohltätigen Institutionen hinterließ, ohne Sie überhaupt zu erwähnen.« Er machte eine Pause und runzelte die Stirn. »Das heißt, eine Klausel in dem Testament klingt rätselhaft. Und deswegen habe ich Sie auch hierhergebeten. Vielleicht können Sie mir Aufschluß darüber geben.«

»Ich?« fragte Heather überrascht.

»Ja. Ich beziehe mich auf Ihr Gespräch mit Lord Cloverne«,

sagte Mr. Twyford. »Er soll da von Erbstücken gesprochen haben. Können Sie mir dazu Näheres sagen? Die Rede kam doch darauf?«

»Ja«, erwiderte Heather. »Er sagte, es handle sich um großartige Stücke, die sein berühmter Ahnherr, der Chevalier de Cloverne während der Französischen Revolution nach England gebracht habe, und es schien ihm offenbar großes Vergnügen zu bereiten, daß dieser Ahnherr ein Verräter gewesen ist.«

Der Anwalt machte eine bedauernde Geste.

»Traurig. Sehr traurig. Es steht außer Zweifel, daß Ihr Großvater, der wirklich sehr viel geleistet hat, in den letzten Jahren eine seltsame Veränderung durchgemacht hat. Die Beweise dafür liegen auf meinem Schreibtisch.« Er deutete auf Stöße von Dokumenten. »Aber um wieder auf die Erbstücke zurückzukommen. Hat er Ihnen gesagt, worum es sich dabei handelt?«

»Nur, daß sie wertvoller seien als der Juwelenschatz des französischen Königshauses«, erwiderte Heather. »Er sagte, sie befänden sich noch im Haus ...«

»Aha!« rief Mr. Twyford.

»Das überrascht Sie?«

»Nicht so sehr.« Mr. Twyford beugte sich vor und nahm eines der Dokumente zur Hand. »Das ist das Testament Ihres Großvaters, wie er es vor über drei Jahren von uns anfertigen ließ. Die vorhin erwähnte Klausel lautet folgendermaßen: ›Meiner Enkelin, Heather Blair, die ich nie gesehen habe und auch nicht kennenzulernen wünsche, hinterlasse ich die Erbstücke der Clovernes, wenn sie Verstand genug hat, sie zu finden.‹ Das ist alles.«

Heather hob die Brauen. »Wenn ich Verstand genug habe, sie zu finden?« wiederholte sie. »Was hat er damit gemeint?«

»Wenn ich das nur wüßte«, meinte der Anwalt. »Es überrascht mich, daß mein Vater einer solchen Klausel zugestimmt hat. Aber das kann man ihm wohl nicht übelnehmen, wenn man sich überlegt, wie Lord Cloverne war. Vielleicht wissen Sie gar nicht, daß er mich vor zwei Tagen in sein Haus rief und mir auftrug, ein neues Testament vorzubereiten. Gestern vormittag brachte ich ihm den Entwurf – aber da war es ja schon zu spät.«

»Stand etwas Besonderes in dem neuen Testament?«

»Kaum«, sagte Mr. Twyford achselzuckend. »Hier und dort eine kleine Veränderung bezüglich der bedachten Institutionen. Die Klausel über die Erbstücke fehlte in dem neuen Testament. Aber es gilt ja nicht. Es ist nicht unterzeichnet worden.«

»Mir kann es egal sein«, meinte Heather. »Er hat mir ins Gesicht gesagt, daß ich nichts erben sollte.« Sie lachte. »Wenn ich diese geheimnisvollen Erbstücke finde, dann gehören sie mir?«

»Bitte geben Sie sich keinen Hoffnungen hin«, entgegnete Mr. Twyford. »Sie gehören Ihnen, natürlich, aber ich zweifle daran, ob es sie überhaupt gibt.« Er schwieg einen Augenblick. »Ich glaube, daß Lord Cloverne in einer wohlwollenderen Stimmung war, als er dieses Testament verfaßte«, fuhr er fort und wies auf das Dokument. »Er nennt nicht nur Ihren Namen im Zusammenhang mit den Erbstücken, sondern bedenkt auch Broome, den Butler, mit einer Zuwendung von fünftausend Pfund. In dem neuen Testament, das ich vorbereiten mußte, war davon nicht mehr die Rede.«

»Das ist aber hartherzig!« sagte Heather.

»Broome hat Glück, daß das alte Testament gültig bleibt; er kommt also doch zu seinen fünftausend Pfund. Entschuldigen Sie, wenn ich wieder auf die Erbstücke zurückkomme. Sind Sie ganz sicher, daß er behauptet hat, sie befänden sich noch im Haus?«

»Ja, aber er ließ nicht durchblicken, wo man sie zu suchen hätte.«

»Er hat Ihnen das wohl mit einer gewissen Schadenfreude erzählt?«

»Ja, genau«, erwiderte Heather.

»Dann würde ich Ihnen raten, Ihre Hoffnungen aufzugeben«, sagte Mr. Twyford. »Ihr Großvater machte sich ein Vergnügen daraus, andere Leute zu schikanieren, und ich glaube kaum, daß es diese Erbstücke wirklich gibt. Er wollte sich wohl nur einen Spaß erlauben.«

»Sie haben sicher recht«, stimmte Heather zu.

»Nachdem ich von seinem Tod erfahren hatte, habe ich mir die Arbeit gemacht, die Unterlagen über seine Vermögensangelegenheiten durchzusehen«, erklärte Mr. Twyford mit hilflosem Achselzucken. »Sie können sich nicht votstellen, was das für ein Durcheinander ist! Seit mein Vater tot ist, hatte ich keine Gelegenheit, mit Lord Cloverne zu sprechen – ja, nicht einmal seine Unterlagen einzusehen. Nachdem ich mich damit beschäftigt habe, bin ich mehr denn je davon überzeugt, daß er nicht ganz bei Sinnen gewesen sein kann. Wir werden Wochen brauchen, um einigermaßen Ordnung zu schaffen. Obwohl sich das Vermögen als beträchtlich erweisen wird, glaube ich nicht, daß es auch nur annähernd so groß ist, wie man zunächst hätte annehmen können. Ich habe bereits Beweise dafür gefunden, daß er blindlings spekulierte, wertlose Aktien kaufte und überall Kredite und Hypotheken aufnahm, obwohl ihm mein Vater stets davon abriet. Ich werde mir natürlich Mühe geben, alles zu ordnen, aber wie der Ausgang auch sein mag, das ganze Vermögen geht an verschiedene Wohlfahrtseinrichtungen. Ihr Name taucht nur in Zusammenhang mit den geheimnisvollen Erbstücken auf – und ich wiederhole noch einmal, daß mir ihr Vorhandensein höchst zweifelhaft erscheint.«

»Vielleicht irren Sie sich, Mr. Twyford«, meinte Heather. »Es ist durchaus möglich, daß Großvater sich da etwas ganz Raffiniertes ausgedacht hat. Hoffen wir lieber, daß es die Erbstücke wirklich gibt. Ich möchte von seinem Geld nichts nehmen, aber die Erbstücke gehören der Vergangenheit – einem französischen Ahnen – an, und das ist wieder etwas ganz anderes.«

Mr. Twyford schüttelte den Kopf und sah Heather hilflos an.

»Ich habe keine große Vorliebe für Geheimnisse«, meinte er. »Hoffentlich ist Ihr Optimismus berechtigt, aber teilen kann ich ihn nicht.«


Bill Cromwell machte kein allzu erfreutes Gesicht, als er nach einem kurzen Gespräch mit Colonel Lockhurst sein Büro in Scotland Yard betrat.

»Der Chef glaubte, Resultate von mir verlangen zu können, Johnny«, sagte er mürrisch. »Was denkt er sich eigentlich? Glaubt er, daß ich herumsitze und Däumchen drehe? Ich habe ihm erklärt, daß die Schlüsselfigur in der ganzen Angelegenheit Moran ist und man vor allem versuchen muß, ihn zu fangen. Die Fahndung läuft auf Hochtouren, und wir müssen zunächst abwarten.«

»Hältst du Moran wirklich für so wichtig?«

»Allerdings. Vieles weist doch auf Moran als den Mörder«, meinte der Chefinspektor. »Alles andere dürfte da kaum ins Gewicht fallen. Ich werde das Gefühl nicht los, daß wir in dem Haus etwas übersehen haben. Jedesmal, wenn ich dort bin, wird mir eigenartig zumute.«

»Es wirkt unheimlich, das gebe ich zu...«

»Das meine ich nicht, Johnny. Was ist in der Nacht, als Cloverne ermordet wurde, in dem Haus wirklich passiert? Wir sind der Sache noch nicht auf den Grund gekommen.«

»Was willst du jetzt tun?«

»Wir fahren noch einmal hin«, erwiderte Ironsides. »Was ich dort will, weiß ich eigentlich selbst nicht, aber es zieht mich immer wieder hin.«

Dieses Gespräch fand ungefähr zur selben Zeit statt, als Heather Blair mit Mr. Twyford sprach, und kurz vor Mittag erreichten Ironsides und Johnny den Blount Square. Der Tag war trüb und nebelig – es wehte kein Wind, aber es war schneidend kalt.

Cromwell hatte den Schlüssel zur Haustür bei sich und sperrte auf. Alles war still, als die beiden eintraten.

»Je früher der alte Kasten abgerissen wird, desto besser«, meinte Johnny Lister. »Man kommt sich ja vor wie in einem Leichenschauhaus.« Cromwell, der argwöhnisch gelauscht hatte, hob warnend den Finger. Wortlos schritt er durch die Halle und riß die Tür zur Bibliothek auf. Was sich seinem Blick bot, kam ihm nicht ganz überraschend.

Broome und Bert Walters, beide in Hemdsärmeln, knieten auf dem Boden. Der Teppich war zurückgeschlagen, und Bert bemühte sich, eines der Dielenbretter hochzustemmen. Broome stand mit einem Arm voller Bücher daneben und starrte entgeistert zur Tür.

»Sehr hübsch!« sagte Cromwell, als er den Raum betrat. »Wirklich hübsch.«

Broome löste sich aus seiner Erstarrung. »Ich – ich wußte nicht, daß Sie im Haus sind, Sir.«

»Das kann ich mir denken.«

»Wie sind Sie hereingekommen, Sir?« stotterte Broome. »Meine Frau ist beim Einkaufen, und wir haben alles abgesperrt...«

»Damit Sie sich ungestört amüsieren konnten«, meinte Ironsides grimmig. »Ich habe mir erlaubt, Lord Clovernes Hausschlüssel an mich zu nehmen.« Seine Stimme wurde schärfer. »Was hat das alles zu bedeuten? Jetzt ist doch nicht die Zeit für den Frühjahrsputz!«

»Nein, Sir«, keuchte Broome. »Sehr richtig, Sir. Ich dachte, daß wir ein bißchen aufräumen sollten, und Bert bot sich an, mir zu helfen ...«

»Sie nennen das Aufräumen!«

»Man kann es nicht anders machen, wenn man gründlich sein will, Sir«, meinte der Butler. »Man muß sozusagen alles auf den Kopf stellen.«

»Lügen Sie nicht, Broome«, fauchte Cromwell. »Sie und Ihr Neffe suchen doch etwas.«

»Nein, Sir.«

»Die Cloverne-Erbstücke«, sagte Cromwell.

Broome starrte ihn überrascht an. »Die – die was?« fragte er verständnislos.

»Nicht übel, Broome – aber es genügt nicht. Sie sind vielleicht ein guter Butler, aber ein schlechter Lügner. Ich glaube, daß Sie an dem Abend, als Miss Blair ihren Großvater besuchte, an der Tür gelauscht haben ...«

»Nein, Sir! Das ist nicht wahr.«

»Sie haben Lord Cloverne von den Erbstücken sprechen hören. Er erzählte seiner Enkelin, daß sie sie niemals finden würde, obwohl sie noch im Haus sind. Ich glaube auch, daß Sie bei einer anderen Gelegenheit an der Tür gehorcht haben, nämlich als Lord Cloverne seinem Anwalt Anweisungen für ein neues Testament gab.«

In Broomes Gesicht zuckte es; er ging zu einem Tisch und setzte die Bücher ab. Bert Walters, der kein Wort gesprochen hatte, starrte Cromwell feindselig an. Broome nahm seine Zuflucht zu lauten Protesten. Ironsides hörte ihm kommentarlos zu, bis der Butler außer Atem war. Dann ging er auf Broome zu, packte ihn am Arm und schüttelte ihn.

»Sind Sie endlich fertig?« zischte er. »Ich habe es nicht eilig, Broome. Sie sind nicht einmal ein guter Schauspieler.« Seine Stimme klang verächtlich. »Sie haben sich mit jedem Wort, mit jeder Geste verraten. Jetzt will ich endlich die Wahrheit hören. Sie wissen von den Erbstücken, nicht wahr?«

»Jawohl, Sir«, flüsterte Broome. »Aber – aber es ist nicht so, wie Sie meinen, Sir. Ich kann alles erklären.«

»Ich höre.«

»Da ich Seine Lordschaft wirklich genau kannte, war ich sehr besorgt, als die junge Dame an jenem Abend kam«, fuhr Broome ernsthaft fort. »Ja, Mr. Cromwell, ich habe an der Tür gehorcht, als Seine Lordschaft der jungen Dame erklärte, daß sie die Erbstücke nie finden würde. Ich habe jetzt nur danach gesucht, weil ich sie Miss Blair übergeben und ihr eine Freude machen wollte.«

Die Ausrede klang dürftig. Trotzdem schien der Chefinspektor bereit zu sein, sie zu akzeptieren.

»Na schön, Broome«, sagte er und ließ ihn los, »wir wollen die Sache vorerst auf sich beruhen lassen. Sie hofften, die Erbstücke zu finden, und fingen hier in der Bibliothek an. Wir sind hier aber noch nicht fertig, und wenn jemand das Haus durchsucht, dann meine Leute.«

»Jawohl, Sir.«

»Und was Ihren Neffen angeht, so hat er hier überhaupt nichts zu suchen«, fuhr Cromwell fort. »Was will er überhaupt hier?«

»Er wollte mir helfen, Sir.«

»Das sehe ich. Warum ist er immer noch im Haus? Hat er keine eigene Wohnung?«

»Doch, die habe ich, Sir«, beteuerte Bert Walters, »aber Tante Edith war so durcheinander und mein Onkel hatte dauernd zu tun, da habe ich mir gedacht, bleibst du noch ein bißchen und hilfst den beiden. Ich habe eine Wohnung in Sheperd's Bush . . .«

»Je früher Sie sich dorthin absetzen, desto besser«, unterbrach ihn Ironsides. »Lassen Sie sich hier erst wieder blicken, wenn alles vorbei ist.«

»Ich habe ja gar nichts getan, Sir«, protestierte Bert. »Mit der Polizei hat das nichts zu tun. Tante Edith hat mich gebeten, daß ich hierbleiben soll, und Sie haben kein Recht, mich fortzuschicken. Nicht wahr, Onkel Charlie?«

Broome zuckte zusammen. »Nenn mich nicht . . .« Er machte eine Pause und schluckte. »Tu lieber, was Mr. Cromwell von dir verlangt«, meinte er. »Und sei gefälligst nicht so frech! Verschwinde!«

Bert zog sich mürrisch zurück. Ein paar Minuten später entschuldigte sich auch Broome und verließ die Bibliothek.

»Diese Idioten!« meinte Cromwell spöttisch.

»Vergeuden die Kerle hier ihre Zeit!« fuhr er fort. »Wenn es die Erbstücke wirklich gibt, was ich bezweifle, dann müssen sie doch eher im unbewohnten Teil des Hauses zu finden sein. Wenn ich das Wort überhaupt schon höre – Erbstücke! Was sollen denn das überhaupt für Dinger sein? Es genügt nicht, daß wir mit unseren Ermittlungen nicht weiterkommen, wir müssen uns auch noch mit einem solchen Unsinn herumschlagen.«

In diesem Augenblick hörten sie das schwache Läuten einer Glocke. Cromwell trat in die Halle hinaus und sah Broome die Tür öffnen. Heather Blair und Alan Crossley betraten das Haus.

»Oh, guten Tag, Mr. Cromwell«, sagte Alan, als er Ironsides erkannte. »Mit Ihnen haben wir nicht gerechnet. Ich habe Heather mitgebracht, weil wir auf Schatzsuche gehen wollen. Wir sind hinter den Erbstücken der Clovernes her.«

Bill Cromwell erstarrte. Er warf Johnny einen Blick zu und ging den beiden entgegen.

»Sehr interessant, Mr. Crossley«, sagte er säuerlich. »Darf ich vielleicht fragen, woher Sie von diesen Erbstücken wissen?«

»Heather hat doch durch ihren Großvater davon erfahren, als er sich neulich mit ihr unterhielt«, erklärte Alan. »Sie war heute bei Mr. Twyford, und nach seiner Mitteilung enthält das Testament ihres Großvaters eine Klausel, wonach sie die Erbstücke behalten darf, wenn sie schlau genug ist, sie zu finden. Der Anwalt meint, das sei gesetzlich zulässig, wenn auch nicht besonders anständig. Wir haben uns jedenfalls vorgenommen, ein bißchen zu suchen.«

»Mr. Twyford hat mir erzählt, daß ich sonst nichts erbe«, sagte Heather impulsiv. »Das Vermögen meines Großvaters fällt an Wohlfahrtseinrichtungen. Wenn die Erbstücke aber mir gehören – ich meine, wenn ich sie finden kann, sehe ich nicht ein, warum ich sie nicht behalten sollte.«

»Das klingt ja alles recht romantisch, Miss Blair – versteckte Erbstücke, geheimnisvolle Andeutungen«, meinte Ironsides gereizt. »Wenn man davon ausgeht, daß Sie Ihren verstorbenen Großvater kannten, überrascht es mich, daß Sie an die Existenz dieser Erbstücke glauben. Der alte Mann wollte sich doch sicherlich nur einen Spaß mit Ihnen erlauben.«

»Das weiß ich, Mr. Cromwell«, gab Heather zu. »Mr. Twyford war derselben Meinung. Trotzdem kann es nicht schaden, sich einmal umzusehen. Alan gehört zwar ins Bett, aber er wollte unbedingt mitkommen. Ich habe ihm geraten, sich wieder hinzulegen...«

»Ein guter Rat, Miss«, unterbrach sie Ironsides, »ich würde ihn lieber annehmen, Mr. Crossley. Sie sehen aus, als ob Sie Fieber hätten.« Er wandte sich Heather zu. »Tut mir leid, Miss Blair, aber ich kann nicht erlauben, daß Sie hier eine Suchaktion in die Wege leiten!«

»Warum denn nicht?« fragte Heather überrascht.

»Die Ermittlungen sind noch nicht beendet«, erwiderte der Chefinspektor kurz angebunden. »Hier hat nur die Polizei etwas zu suchen.«

»Ach, verzeihen Sie, ich wußte nicht...«

Broome kehrte in die Halle zurück.

»Sie werden am Telefon verlangt, Sir«, sagte er zu Cromwell. »Scotland Yard.«

»Gut, ich komme. Ist Ihr Neffe schon fort?«

»Er ist nicht mein Neffe, Sir – ich will mit ihm nichts zu tun haben«, erwiderte Broome fast angewidert. »Nein, Sir, er ist noch nicht fort. Meine Frau kam eben vom Einkaufen zurück, und sie macht ihm jetzt eine Tasse Tee.«

Johnny Lister war der einzige, der bemerkte, daß der Chefinspektor erleichtert zu sein schien.

»Schön, Broome. Sagen Sie dem jungen Mann, daß er sich nicht zu beeilen braucht«, erklärte Cromwell. »Wo ist denn das Telefon?«

Er ließ sich von Broome ins Arbeitszimmer führen.

»Sie hatten hinterlassen, daß man Sie in Tresham House erreichen kann, Mr. Cromwell«, sagte eine Stimme am anderen Ende der Leitung. »Wir haben eben erfahren, daß Claude Moran festgenommen worden ist; er befindet sich im Polizeirevier von Brixley.«

»Ausgezeichnet!« sagte Cromwell. »Darauf habe ich gewartet. Ich fahre sofort hinüber.«

Als er in die Halle zurückkehrte, waren Heather und ihr Verlobter gerade im Gehen. Er sah ihnen nach, als sie in Crossleys Wagen davonfuhren. Dann marschierte er zu seinem eigenen Fahrzeug und setzte sich zu Johnnys Überraschung ans Steuer.

»Ich fahre selbst«, sagte er. »Moran ist verhaftet worden. Er wird im Revier von Brixley festgehalten.« Der Wagen rollte an. »Du hast dich vielleicht vorhin gewundert, warum ich so ungeduldig war. Ich hatte befürchtet, daß Bert Walters schon gegangen sein könnte, aber zum Glück war das nicht der Fall.«

»Wieso...«

»Du steigst jetzt aus«, unterbrach ihn Cromwell und brachte das Fahrzeug auf der anderen Seite des Blount Square zum Stehen. »Bleib hier. Wenn Bert Walters weggeht, folgst du ihm. Verlier ihn aber nicht aus den Augen. Melde dich, sobald du kannst.«

Johnny Lister starrte ihn an. »Aber dieser Verdacht ist doch...«

»Ich verdächtige jeden«, fauchte Bill Cromwell.


## 12

Im Polizeirevier Brixley, London-Süd, wurde Ironsides von Inspektor Durrant begrüßt.

»Ja, Mr. Cromwell, es ist eindeutig Moran«, meinte der Inspektor. »Er ist in einer schlechten Verfassung, scheint Fieber zu haben. Bis jetzt hat er noch kein Wort von sich gegeben.«

»Ich bring' ihn schon zum Sprechen.«

»Merkwürdig, daß man so oft auf den Zufall angewiesen ist«, fuhr Durrant fort. »Da läuft eine großangelegte Fahndungsaktion, alle Polizeibeamten halten nach ihm Ausschau, und einer von unseren Leuten entdeckt ihn ganz zufällig. Wachtmeister Bates setzte sich nach Dienstschluß vor einer guten Stunde in ein Café. Er wurde aufmerksam, als der Besitzer einem der Gäste riet, einen Arzt aufzusuchen. Er sah sich den Burschen an, und es war doch tatsächlich Moran. Er ließ sich widerstandslos festnehmen, er sagte, er sei froh, es endlich hinter sich zu haben.«

»Haben Sie ihn schon verhört?«

»Eigentlich nicht, Sir. Ich fragte ihn nur, was er seit seinem Ausbruch getrieben habe, aber er gab keine Antwort. Er sitzt stumm da und macht ein finsteres Gesicht.«

Cromwell nickte. Man führte ihn in den Raum, wo der Verhaftete saß.

»Ich mache Ihnen keine Schwierigkeiten, Mr. Cromwell«, sagte Moran erschöpft. »Es tut mir nicht leid, wieder ins Gefängnis zurückzumüssen.« Sein Gesicht war hager und leichenblaß, die Narbe an seinem Kinn trat rötlich hervor. Auf seiner Stirn standen Schweißtropfen, und doch fror er, obwohl es im Zimmer warm war.

»Für mich gehören Sie ins Krankenhaus, Moran«, sagte Cromwell nicht unfreundlich. »Sie haben Fieber. Ich halte Sie nicht lange auf. Sagen sie mir nur, was Sie vorgestern nacht getan haben.«

»Getan? Nichts, nur geschlafen.«

»Wo?«

»In einer Pension in Battersey.«

»Können Sie das beweisen?«

»Lassen Sie mich in Ruhe«, murmelte Moran. »Sie haben recht – ich bin krank. Ich kann mich nicht erinnern, wo die Pension war.«

»Das wird nicht reichen«, meinte Cromwell grimmig. »Los, ich will jetzt endlich die Wahrheit hören.«

»Sie haben kein Recht, mich zu verhören«, protestierte Moran. »Seit ich ausgebrochen bin, habe ich nichts angestellt. Ich bin nur herumgelaufen...«

»Das ist eine Lüge«, unterbrach ihn Cromwell. »Sie haben am Fünften dieses Monats einen alten Ford gestohlen, sind zum Blount Square gefahren und haben gewartet, bis Lord Cloverne seine tägliche Ausfahrt machte. Dann haben Sie einen Feuerwerkskörper zwischen die Pferde geworfen...«

»Wer behauptet das?« brummte Moran.

»Es hat keinen Zweck, Moran. Man hat Sie erkannt«, sagte Cromwell. »Diese neuartige Mordmethode haben Sie sich wohl im Gefängnis ausgedacht?«

»Ach, hören Sie doch auf!« murmelte Moran. »Na schön, ich

habe den Knallfrosch geworfen. Und? Das war nur ein Spaß. Ich habe es getan, um den alten Knaben zu erschrecken.«

»Er hätte aber ohne weiteres dabei umkommen können«, erwiderte der Chefinspektor. »In der nächsten Nacht sind Sie in Lord Clovernes Haus eingebrochen...« Der Chefinspektor unterbrach sich und fragte: »Warum halten Sie sich eigentlich den Arm?«

Moran richtete sich plötzlich auf.

»Ich verlange einen Rechtsanwalt«, sagte er heiser.

»Na schön, den können Sie haben...«

»Sie haben kein Recht, mir diese Fragen zu stellen«, fuhr Moran fort. »Ich sage nichts, bis ich einen Anwalt hierhabe. Ich weiß, was mir zusteht.«

»Ihre Rechte bleiben Ihnen unbenommen«, meinte Cromwell gelassen. »Sie scheinen nicht genau zu wissen, wo Sie vor zwei Nächten gewesen sind. Ich sehe, daß Sie krank sind, und will Ihnen das zugute halten. Ich möchte aber auf jeden Fall wissen, warum Sie Ihren Arm gestützt haben.«

»Ich hab' ihn ja gar nicht gestützt«, protestierte Moran erregt. »Lassen Sie mich in Ruhe.«

Cromwell wechselte Blicke mit Inspektor Durrant, dann stand er auf und ging zu Moran hinüber. Er berührte ihn am linken Arm, und Moran schrie vor Schmerzen auf.

»Ihnen fehlt also gar nichts, was?« sagte Cromwell.

»Hören Sie auf!« keuchte Moran.

Der Chefinspektor gab Durrant ein Zeichen. Der Inspektor kam heran und hielt Moran an den Schultern fest, während Cromwell ihm das Jackett auszog. Moran versuchte sich zu wehren, aber er gab es bald auf.

Bevor Cromwell noch den Hemdsärmel Morans hinaufgerollt hatte, war zu erkennen, daß der Arm stark angeschwollen war.

Moran trug vom Ellbogen bis zum Handgelenk einen blutgetränkten Verband. Cromwell nahm den Verband ab und legte eine häßliche, vereiterte Wunde frei. Unter der Haut steckte ein langer Holzsplitter. Die Umgebung der Wunde war so entzündet, daß jede Berührung Moran zusammenzucken ließ.

»Du meine Güte! Das hätte längst behandelt werden müssen«, sagte Cromwell streng. »Sie haben ja eine Blutvergiftung, und wenn Sie nicht bald in ein Krankenhaus kommen, verlieren Sie Ihren Arm, Moran – vielleicht sterben Sie sogar.«

»Das geht Sie nichts an«, erwiderte Moran. »Ich wußte nicht, daß es so wehtun würde.«

»Sobald Sie Ihre Aussage gemacht haben, lassen wir einen Arzt holen«, meinte Cromwell. »Aber jetzt muß ich Sie darauf hinweisen, daß alles, was Sie sagen, aufgeschrieben wird und gegen Sie als Beweismittel verwendet werden kann. Sie haben sich die Wunde auf einer Leiter zugezogen, als Sie die Holzvergitterung vor einem Fenster des Tresham House am Blount Square abrissen.«

»Das ist eine Lüge!« unterbrach ihn Moran zornig. »Ich war nicht am Tresham House.« Er starrte Cromwell finster an. »Wo soll denn das überhaupt sein?«

»Sie sind vor zwei Nächten dort gewesen und haben Lord Cloverne ermordet«, fuhr Cromwell fort. »Ihre Armverletzung ist Beweis genug. Sie haben Blutspuren am Fensterbrett und an einem der Holzstäbe hinterlassen ...«

»Das war nicht ich!« schrie Moran. »Ich bin nicht dort gewesen. Ich war es nicht, sage ich Ihnen!«

»Wenn Sie sich die Verletzung nicht dort zugezogen haben, wo denn dann?« fragte Cromwell. »Und warum haben Sie sich nicht behandeln lassen?«

»Ich weiß nicht mehr. Ich habe mich verletzt, als ich durch einen Zaun kroch«, sagte Moran. »Ich war auf keiner Leiter. Lassen Sie mich in Ruhe.«

»Sie haben Schmerzen, Moran, und ich will nicht, daß Sie mir umkippen«, meinte Cromwell. »Je eher Sie die Wahrheit zugeben, desto besser für Sie. Machen Sie keinen Unsinn, Mann.«

Moran schwieg eine Weile, dann flüsterte er: »Also gut. Ich war dort«, murmelte er. »Sind Sie jetzt zufrieden? Ich bin eingebrochen, aber ich habe den Alten nicht umgebracht.« Er sah Cromwell flehend an. »Ehrlich, Mr. Cromwell, ich habe den alten Mann nicht umgebracht. Das müssen Sie mir glauben!«

»Ich will nur die Wahrheit wissen, Moran, mehr verlange ich nicht«, erwiderte Cromwell. »Wenn Sie Lord Cloverne nicht umgebracht haben, kann Ihnen nicht viel passieren. Erzählen Sie mir genau, was Sie in dieser Nacht getan haben.« Er zog eine Taschenflasche aus dem Jackett und schraubte den Verschluß ab. »Nehmen Sie einen Schluck. Dann fühlen Sie sich vielleicht besser.«

Moran trank gierig. »Ich erzähle Ihnen alles«, sagte er heiser. »Den alten Mann habe ich aber nicht umgebracht. Es war in der Nacht sehr neblig, und nachdem ich über die Mauer in den alten Friedhof gestiegen war, fand ich im Gras eine Leiter. Ich dachte mir, das ist ja günstig, und lehnte die Leiter an die Hauswand. Es fiel mir nicht schwer, eines von den Holzgittern abzureißen.«

»Um welche Zeit war das?«

»So gegen zwölf – vielleicht auch ein bißchen früher«, erwiderte Moran. »Normalerweise macht man so etwas ja später, aber wenn es neblig ist ... Als ich durchs Fenster kletterte, zog ich mir den Splitter ein. Es hat gar nicht einmal so weh getan. Ich knipste meine Taschenlampe an und sah den Splitter unter der Haut, aber ich hab' ihn nicht herausgebracht. Außerdem hab' ich ja keine Zeit gehabt. Ich schlich mich zum Schlafzimmer des Alten, und dann wäre ich beinahe aus den Pantinen gekippt. Er hing von der Decke und hatte einen Pelz um. Ich bin ganz schön erschrocken.«

»Überlegen Sie es sich lieber noch einmal, Moran«, sagte Cromwell. »Sie sind in das Haus eingestiegen, um Lord Cloverne umzubringen...«

»Nein, Sir – ich wollte ihn nur erschrecken«, winselte Moran. »Das war alles.«

»Sie haben ihn umgebracht.«

»Nein, ganz bestimmt nicht! Er hing schon an dem Haken, als ich ins Schlafzimmer kam«, schrie Moran. »Er kann noch nicht lange tot gewesen sein, weil er noch hin und her pendelte. Jemand muß ihn kurz vorher umgebracht haben. Das ist wirklich wahr, Mr. Cromwell.«

»Haben Sie ihn angerührt?«

»Wer, ich?« fragte Moran entsetzt. »Ich hab' mich schnellstens aus dem Staub gemacht. Ich war so durcheinander, daß ich nicht einmal den Mann unten an der Leiter bemerkte. Ich weiß nicht, wer es gewesen ist, aber er wollte mich festhalten. Ich riß mich los und kletterte wieder über die Mauer.«

Cromwell nickte.

»Das ist wirklich die Wahrheit, Mr. Cromwell«, fügte Moran

nachdrücklich hinzu. »Ich hab' mich nicht zu einem Arzt oder in ein Krankenhaus getraut, weil ich auf dem Fensterbrett Blutspuren hinterlassen hatte. Ich hab' mir gleich gedacht, daß die Polizei mich für den Täter halten würde wegen meiner Drohung gegen Cloverne, und dann war da ja noch die Sache am Guy-Fawkes-Tag... Wenn ich zu einem Arzt gegangen wäre, hätte man mich gleich geschnappt. Ich versuchte, den Splitter herauszuziehen, aber es hat so weh getan, daß ich es nicht fertiggebracht habe. Ich fühl' mich wirklich schlecht.«

»Na gut, Moran, lassen wir das jetzt«, sagte Cromwell seufzend. »Bringen Sie ihn weg, Inspektor, und sorgen Sie dafür, daß er in ärztliche Behandlung kommt.«

»Sie hängen mir aber doch den Mord nicht an, Sir?« fragte Moran ängstlich, als Durrant ihn beim Aufstehen stützte.

»Im Augenblick wird Ihnen, abgesehen von dem Ausbruch, nur vorgeworfen, daß Sie sich mit Gewalt Eintritt in ein Haus verschafft haben, um eine Straftat zu begehen«, erwiderte Cromwell. »Wenn Sie sich besser fühlen, können Sie Ihre Aussage unterschreiben.«

Inspektor Durrant führte den Gefangenen hinaus und kam ein paar Minuten später zurück.

»Ich habe ihn ins Gefängnislazarett bringen lassen«, sagte er. »Ob man den Arm noch retten kann, wird sich erst zeigen.«

»Auch ein Glück für uns, daß er verletzt war, sonst hätten wir ihn vielleicht nicht so schnell erwischt«, meinte Ironsides nachdenklich, während er seine Pfeife stopfte.

»Er ist ganz sicher der Mörder«, sagte Durrant. »Sie können Ihren Fall abschließen, Sir.«

»Ich glaube nicht.«

»Wieso?«

»Ich habe das Gefühl, daß er diesmal die Wahrheit gesagt hat«, meinte Ironsides. »Auch bei den Hartgesottenen merkt man es meistens, wenn sie lügen. Eines steht fest, Inspektor: Er hätte sicher nicht ausgepackt, wenn er nicht krank gewesen wäre. Wir haben ihn im günstigsten Augenblick erwischt. Ob er der Mörder von Lord Cloverne ist, wird sich herausstellen. Überzeugt bin ich davon nicht.«

Johnny Lister war in denkbar schlechter Stimmung, nachdem er Bert Walters zwei Stunden lang beschattet hatte. Es war ihm bald klar geworden, daß Bert kein bestimmtes Ziel im Auge hatte. Er lief in der Stadt herum, die Hände tief in den Manteltaschen vergraben, die Schultern eingezogen.

Schließlich ging er in ein Lokal und bestellte sich etwas zu essen. Johnny hatte keine Schwierigkeiten, ihn durch das große Fenster von der anderen Straßenseite aus zu beobachten. Immerhin war es nicht angenehm, ihm beim Essen zusehen zu müssen, wenn man selbst hungrig war. Bert Walters blieb fast eine Stunde in dem Lokal, und als er herauskam, setzte er seine ziellose Wanderung fort.

Er spazierte herum, starrte in die Schaufenster, und sein Weg führte ihn schließlich bis zur Edgware Road. Es dämmerte bereits, und wieder schien sich Nebel anzukündigen. Die Läden in der Edgware Road schienen Berts Aufmerksamkeit sehr zu beanspruchen; er blieb fast an jedem Schaufenster stehen und starrte die ausgestellten Waren an. Johnnys Ärger wuchs. Warum hatte ihm Ironsides diesen Auftrag gegeben? Was konnte es für einen Sinn haben, diesen Burschen zu beobachten? Er lungerte nur herum und wußte anscheinend nicht, was er tun sollte. Johnny hatte das Gefühl, daß bei der ganzen Sache nichts herauskommen würde. Allerdings war ihm aufgefallen, daß Bert immer häufiger auf die Uhr zu schauen begann. Inzwischen war es dunkel geworden, und Bert betrat ein Café. Johnny zog sich ergrimmt in eine Teestube auf der anderen Seite der Straße zurück. Hier konnte er am Fenster sitzen und den anderen im Auge behalten. Er bestellte Tee und Sandwiches in dem angenehmen Bewußtsein, sich die Mahlzeit wirklich verdient zu haben. Auch Bert stärkte sich von neuem. Als er das Lokal verließ, ging er stracks zu einer Telefonzelle. Es war genau fünf Uhr; ein paar Minuten lang sprach er eifrig in die Muschel. Als er die Zelle verließ, trug er eine zufriedene Miene zur Schau. Dann setzte er seine Wanderung fort ...

Ich möchte nur wissen, was das Ganze zu bedeuten hat, dachte Lister. Wenn man nur eine Ahnung hätte, mit wem er telefoniert hat und warum.

Der Nebel begann dichter zu werden. Trotz der hellen Straßenbeleuchtung quälten sich die Autos nur langsam vorwärts.

Es war schon acht Uhr, als Bert Walters aktiv wurde. Nach einem Blick auf die Uhr beschleunigte er seine Schritte. Endlich schien er ein Ziel vor Augen zu haben.

Johnny, der ihm in nicht allzu großem Abstand folgte – der Nebel erleichterte seine Aufgabe –, wurde erst mißtrauisch, als Bert die belebten Straßen verließ und seinen Weg durch eine stillere Gegend suchte.

Johnny begann zu fluchen. Sie kehrten zum Blount Square zurück!

Bert Walters hatte sich offenbar nur Bewegung verschaffen wollen. Johnny war wütend. Ein ganzer Nachmittag vergeudet! Bert hatte offenbar das Gefühl, daß die Polizei sich jetzt für das Tresham House nicht mehr interessierte, und er daher zu seiner Tante zurückkehren konnte.

Na warte, Ironsides, dachte Johnny grimmig. Ich habe doch gleich gewußt, daß sich das alles nicht lohnt.

Bert Walters schien jedoch nicht die Absicht zu haben, seine Tante aufzusuchen. Statt zum Tresham House zu gehen, blieb er vor dem Friedhofstor stehen. Johnny konnte ihn nur mit Mühe als undeutliche, schattenhafte Gestalt im Nebel erkennen. Einen Augenblick später war Bert im Friedhof verschwunden.

»Na so was!« murmelte Johnny. Was hatte Bert im Friedhof zu suchen? Johnny hastete zum Tor, zwängte sich durch die Lücke und schlich zwischen den Grabmälern dahin. Er bemühte sich, ganz leise zu sein. Auf dem Blount Square fuhr kein einziges Auto. Johnny mußte sich, um Walters' Weg zu verfolgen, auf sein Gehör verlassen.

Er hörte ein Rascheln und Schlurfen im Gras. Erst als diese Geräusche verklungen waren, wußte Johnny, wohin sich Walters gewandt hatte.

Vor ihm tauchte ein verwitterter Bau auf, und Johnny erkannte ihn als das Mausoleum der Familie Cloverne. Er schlich näher. Was hatte Broomes Neffe hier zu suchen?

Er näherte sich vorsichtig dem Mausoleum, bis er Bert Walters sehen konnte.

Walters stand vor der massiven Tür des Mausoleums, und Johnny erstarrte, als er sah, daß Bert die Faust hob. Im nächsten Augenblick klopfte er an die Tür. Drei kurze Schläge, eine Pause und wieder ein Schlag.

Johnny lief eine Gänsehaut über den Rücken. Es kam schließlich nicht jeden Tag vor, daß jemand an die Tür eines Grabmals klopfte! Johnny sah, daß sich die Mausoleumstür langsam öffnete, Bert zwängte sich hindurch, und die Tür klappte wieder zu. Ohne das Geräusch hätte Johnny seinen Augen kaum getraut. Wer verbarg sich nachts im Mausoleum der Clovernes und empfing dort Besuche?

Die Stille war beängstigend. Der Sergeant schlich nach kurzer Überlegung näher an das Grabmal heran.

Eines stand für ihn fest. Das Treffen war vorbereitet. Bert Walters hatte keinen Augenblick gezögert. Immerhin war es verwunderlich, daß Walters sich nicht fürchtete. Die Minuten vergingen langsam. Johnny blieb regungslos stehen und lauschte. Dann zog er sich hinter einen Grabstein zurück. Die Mausoleumstür öffnete sich wieder, und eine große, breitschultrige Gestalt kam heraus. Johnnys Herz begann schneller zu schlagen. Die Dunkelheit war nicht ganz undurchdringlich; der Widerschein einer Straßenlampe warf Spuren bleichen Lichts auf den nebligen Friedhof. Johnny hörte, daß ein Schlüssel im Schloß umgedreht wurde. Aber es war doch nur einer herausgekommen – Bert Walters blieb also allein im Mausoleum zurück ...

Die Gestalt drehte sich um und machte sich auf den Weg zum Ausgang. »Donnerwetter!« flüsterte Johnny. »Broome!«

Seine Überraschung war nicht sehr groß. Wer sonst als Broome hätte sich hier mit Walters verabreden können?

Johnny blieb noch ein paar Sekunden hinter dem Grabstein stehen. Dann folgte er Broome.

Als er das Tor erreichte, stellte er fest, daß die Flügel sich ineinander verklemmt hatten. Es dauerte eine Minute, bis sich Johnny hindurchzwängen konnte.

Broome war inzwischen im Nebel verschwunden.

Halb so schlimm, dachte Johnny. Er ist wohl ins Haus zurückgegangen. Aber warum hat er Bert im Mausoleum zurückgelassen? Und was soll ich jetzt tun?

Er überlegte kurz, dann ging er zur Telefonzelle an der nächsten Ecke und wählte die Nummer Scotland Yards.


## 13

Bill Cromwell, der in seinem Arbeitszimmer saß, hörte mit unbewegter Miene zu, als Johnny Lister am Telefon Bericht erstattete.

»Die Sache ist reichlich komisch«, schloß Johnny. »Wieso hat Broome Walters eingesperrt? Jedenfalls hielt ich es für besser, dich gleich zu verständigen ...«

»Richtig«, unterbrach ihn Cromwell. »Bleib, wo du bist. Ich komme, so schnell es geht.«

Johnny legte erleichtert auf. Er verließ die Zelle und schlenderte hin und her.

Er brauchte nicht so lange zu warten, wie er befürchtet hatte. Nach einer halben Stunde tauchten die Scheinwerfer eines Autos auf, der Wagen hielt, und Bill Cromwell stieg aus. Er wies den Fahrer an, auf ihn zu warten.

»Das ist ja schnell gegangen, Old Iron«, sagte Johnny.

»Der Nebel ist nur hier so dicht«, meinte Cromwell. »Also, was war jetzt eigentlich los?«

»Ich habe nachgedacht«, sagte Johnny. »Nachdem du Bert Walters fortgeschickt hattest, wollte Broome nicht, daß er bei seiner Rückkehr gesehen würde. Offensichtlich hat Walters um fünf Uhr mit Broome telefoniert, und Broome wies ihn an, nicht ins Haus, sondern sofort zum Mausoleum zu kommen. Wer sonst als Broome konnte einen Schlüssel dazu haben?«

Cromwell schien nicht sehr beeindruckt zu sein. »Schon gut, Johnny«, sagte er. »Wir müssen sofort zum Mausoleum.«

»Wäre es nicht besser, zuerst mit Broome zu sprechen? Er hat den Schlüssel, und wir können nicht ohne ihn hinein.«

»Ich möchte mir das Mausoleum einmal ansehen. Ich hatte schon das Gefühl, daß es sich lohnen würde, Bert Walters zu beschatten.«

Sie überquerten den Platz und erreichten das Friedhofstor. Sie knipsten ihre Taschenlampen an und marschierten durch das hohe, nasse Gras zu dem massiven Mausoleum. Über der Tür befand sich ein in Stein gemeißeltes Wappen.

»Was hast du gesagt?« murmelte Cromwell. »Vier Schläge, mit einer Pause nach den ersten dreien?«

»Ja.«

Ironsides klopfte in diesem Rhythmus an die Tür, dann lauschten sie beide angestrengt. Nichts rührte sich. Cromwell klopfte wieder.

»Der Bursche ist vorsichtig«, murmelte Johnny. »Er weiß, daß Broome einen Schlüssel hat und nicht zu klopfen braucht. Ich hab' dir ja gleich gesagt, daß es keinen Zweck hat.«

»Ich weiß nicht recht«, meinte der Chefinspektor. »Komm, wir sprechen mit Broome.«

Sie verließen den Friedhof, stiegen die Treppe zum Tresham House hinauf und läuteten. Nach längerem Warten öffnete sich die Tür.

»Oh, Sie sind's, Sir«, sagte Broome. »Ich habe nicht damit gerechnet, daß Sie heute noch einmal kommen, Mr. Cromwell.«

»Das kann ich mir denken«, meinte Ironsides. »Ich halte Sie nicht lange auf, Broome. Ich habe nur eine Bitte an Sie.«

Broome schloß die Tür und sah den Chefinspektor unsicher an. »Ich stehe selbstverständlich zu Ihren Diensten, Sir«, sagte er zögernd.

»Gut. Ich brauche den Schlüssel zum Mausoleum.« Broome sah ihn verständnislos an. »Den Schlüssel, Sir?« wiederholte er. »Den habe ich noch nie gesehen.«

»Kommen Sie, Broome, machen Sie mir nichts vor ...«

»Ganz bestimmt, Sir. In den zehn Jahren, seit ich hier bin, ist das Mausoleum nie geöffnet worden«, erklärte der Butler. »Seine Lordschaft muß den Schlüssel irgendwo aufgehoben haben; ich weiß aber nicht, wo.«

»Dann besorgen Sie mir ein Beil«, sagte Bill Cromwell.

»Ein Beil, Sir?« stotterte Broome.

»Ja. Ich muß die Tür aufbrechen.«

»Sie wollen die Tür aufbrechen, Sir?« rief der Butler entgeistert.

»Aber das geht doch nicht, Sir. Sie können doch nicht ein Grabmal schänden!«

»Ich glaube, daß sich Ihr Neffe dort versteckt hält, Broome«, unterbrach ihn Cromwell. »Wußten Sie das nicht? Antworten Sie, Broome!«

»Das ist ausgeschlossen, Mr. Cromwell«, protestierte der Butler. »Unmöglich. Wie sollte er denn hineingekommen sein?«

Er schien seiner Erregung nicht mehr Herr zu werden, als ein Glockenzeichen ihm Gelegenheit gab, sich wieder zu fassen.

»Entschuldigen Sie, Sir«, sagte Broome.

Er ging zur Haustür und öffnete sie. Mr. Twyford stand vor ihm, eine Aktentasche unter dem Arm. Er trat ein und sah den Butler scharf an.

»Ist etwas, Broome?« fragte er. »Sie sehen gar nicht gut aus... Oh, störe ich?« Er sah die beiden Kriminalbeamten an. »Guten Abend, Mr. Cromwell.«

»Tut mir leid, Mr. Twyford, aber Sie kommen wirklich ungelegen«, meinte der Chefinspektor ungeduldig. »Wenn Sie aber mit Broome etwas zu besprechen haben...«

»Nein, nein, keineswegs«, unterbrach ihn der Anwalt. »Ich wollte mich nur in aller Ruhe mit ihm und seiner Frau unterhalten. Er hat natürlich seine Stelle verloren und...«

»Ja, ja.« Bill Cromwell schien seine Ungeduld nicht bezähmen zu können. »Bitte verschieben Sie das auf ein anderes Mal. Da fällt mir übrigens etwas ein. Könnten Sie mir den Schlüssel zum Mausoleum überlassen?«

»Du meine Güte! Das ist aber eine merkwürdige Bitte«, meinte Mr. Twyford. »Der Schlüssel befindet sich natürlich im Haus. Soll ich ihn Ihnen zeigen?«

»Bitte.«

Johnny sah Broome von der Seite an. Das Gesicht des Butlers war blaß.

»Lord Cloverne hatte den Schlüssel immer in einem Geheimfach in einer Schublade seines Schreibtisches verwahrt«, erklärte Mr. Twyford. »Er zeigte ihn mir einmal und sagte, ich wüßte jetzt, wo er zu finden sei, falls er plötzlich sterben sollte. Ich muß aber gestehen, daß ich nicht begreife, warum Sie ihn brauchen.«

Als Cromwell schwieg, ging Mr. Twyford voraus zur Bibliothek. Sie gingen durch diesen kalten ungemütlichen Raum und betraten das Arbeitszimmer. Der Anwalt knipste das Licht an, ging zum Schreibtisch und zog die dritte Schublade auf der linken Seite heraus. Er kramte darin und holte schließlich einen großen Schlüssel heraus.

»Vielen Dank, Mr. Twyford«, sagte Cromwell. »Bitte begleiten Sie mich zum Mausoleum. Sie werden sicher wissen wollen, was ich dort zu suchen habe.«

»Allerdings«, meinte der Anwalt.

Johnny sah, daß Broome einem Zusammenbruch nahe war.

Cromwell sah Lister bedeutungsvoll an und nickte kurz.

Sie verließen gemeinsam das Haus und traten in den Nebel hinaus. Cromwell beanstandete nicht, daß Broome sie begleitete.

Sie betraten den Friedhof. Das Licht ihrer Taschenlampen tanzte über die Grabsteine. Als sie das Mausoleum erreicht hatten, steckte Ironsides den Schlüssel ins Schloß und drehte ihn um. Er trat als erster ein. Man mußte einige Stufen hinuntersteigen. Das Mausoleum war sehr geräumig, und links und rechts standen in Nischen große Marmorblöcke. Bill Cromwell hatte jedoch kein Auge dafür. Er starrte Bert Walters an, der auf dem Boden lag. Daß er tot war, zeigte ein einziger Blick – und man sah ebenso deutlich, daß ihm der Schädel mit einem einzigen, furchtbaren Schlag zertrümmert worden war. Ein massiver Holzknüppel in der Nähe war blutbefleckt.

»Um Gottes willen!« ächzte Mr. Twyford. »Wer – wer ist das? Wie entsetzlich!«

Broome beugte sich vor. »Das ist Bert!« sagte er heiser. »Er ist tot! Wer hat das getan?«

Er drehte sich um und starrte Johnny an. Johnny erwiderte den Blick feindselig. Für ihn stand fest, daß nur Broome der Mörder sein konnte. Er hatte gesehen, daß Bert in das Mausoleum eingelassen worden war, nachdem er geklopft hatte. Nach kurzer Zeit war Broome herausgekommen und hatte den Friedhof verlassen. Offensichtlich war er sofort in das Arbeitszimmer gegangen und hatte den Schlüssel in das Geheimfach zurückgelegt. Natürlich mußte er bestreiten, vom Aufbewahrungsort des Schlüssels etwas zu wissen. Aber Mr. Twyford, der Anwalt, wußte, wo Lord Cloverne ihn aufbewahrt hatte ...

»Bert?« fragte Mr. Twyford verständnislos.

»Der Neffe meiner Frau« erwiderte der Butler und sah den Anwalt ängstlich an. »Ich weiß nicht, wieso er hier eingesperrt war, aber ich finde das Ganze reichlich merkwürdig!«

»Ich auch«, sagte Mr. Twyford scharf. »Die Tür zum Mausoleum war verschlossen, und Sie sind der einzige, der wußte, wo der Schlüssel versteckt war. Was hat Sie dazu bewogen, Ihren Neffen hierherzulocken und ihn umzubringen?«

»Aber das ist nicht wahr!« schrie Broome. »Mein Gott, können wir nicht woanders hingehen?« Er konnte den Blick nicht von der Leiche lösen. »Ich glaube, mir wird schlecht!«

»Jetzt begreife ich«, sagte der Anwalt mit schwankender Stimme. »Sie haben Lord Cloverne umgebracht, Broome! Sie wollten sichergehen, daß Ihnen die fünftausend Pfund nicht genommen würden. Ihr Neffe muß gewußt haben, daß Sie der Täter sind. Vielleicht hat er Sie erpreßt. Mr. Cromwell, verhaften Sie Broome!«

»Nein, Mr. Twyford«, sagte der Chefinspektor leise. »Es gibt nur einen Mann – ich wiederhole, einen einzigen Mann –, der beauftragt gewesen sein kann, den Schlüssel zum Mausoleum zu verwahren – und das sind Sie!«

Es wurde totenstill.

Mr. Twyford schien wie gelähmt zu sein. Broome atmete keuchend. Johnny Lister schoß das Blut ins Gesicht. Er wußte jetzt, daß er sich getäuscht hatte.

»Um Gottes willen!« flüsterte er. »Bin ich ein Trottel! Es war gar nicht Broome, den ich aus dem Mausoleum kommen sah ...«

»Wissen Sie überhaupt, was Sie da sagen, Mr. Cromwell?« fragte der Anwalt kalt.

»Durchaus, Sir«, erwiderte Ironsides. »Wir wollen aber das Gespräch nicht hier fortsetzen. Sergeant, führen Sie Mr. Twyford zurück ins Haus. Broome, Sie kommen mit.«

Sie traten in den Nebel hinaus, und Cromwell schloß die Mausoleumstür ab. Nur die Angehörigen der Mordkommission durften hier eintreten.

Als sie das Haus erreicht hatten und in der dunklen Halle standen, sagte Cromwell: »Ich möchte Sie bitten, Mr. Twyford, mich zum nächsten Polizeirevier zu begleiten...«

»Sind Sie wahnsinnig, Chefinspektor?« fuhr der Anwalt auf. »Soll das ein Witz sein?«

»Ich würde Ihnen raten, vorerst nichts zu sagen, Sir«, erwiderte Ironsides.

»Ich verstehe Sie nicht.«

»Sie waren sehr ungeschickt, Mr. Twyford, als Sie vorgaben, den Mausoleumsschlüssel im Schreibtisch zu ›finden‹. Sie hatten den Schlüssel schon in der Hand, als Sie die Schublade herauszogen – und der Zweck Ihres Besuches heute abend war nur, den Schlüssel in das Fach zu legen. Sie wagten nicht, ihn in Ihrem Büro zu verwahren, nachdem Sie Walters ermordet hatten.«

»Sie haben recht, Sir!« keuchte Broome und deutete mit zitternder Hand auf den Anwalt. »Ich wußte, daß er es war – ganz plötzlich wußte ich Bescheid. Bert hat auch gewußt, daß er den alten Mann umgebracht hat...«

»Halten Sie den Mund, Broome«, befahl Cromwell. »Mr. Twyford, Sie begleiten mich. Ich nehme Sie wegen Mordes an Bert Walters fest.«

Vierzig Minuten später... Bill Cromwell und Johnny Lister waren ins Tresham House zurückgekehrt, nachdem sie ihren Gefangenen im nächsten Polizeirevier abgeliefert hatten. Während der kurzen Fahrt dorthin war Mr. Twyford ganz plötzlich zusammengebrochen. Zunächst war er des Mordes an Lord Cloverne noch nicht beschuldigt worden, obwohl das bald kommen würde.

Johnny Lister hätte sich am liebsten selbst eine Ohrfeige gegeben. Wie konnte man sich nur so irren? Er hatte noch keine Gelegenheit gehabt, mit Cromwell allein zu sprechen. Jetzt standen sie im Wohnzimmer des Hauses, nachdem Broome sie hereingelassen hatte.

»Du hältst mich sicher für einen Idioten, Old Iron«, sagte Johnny. »Ich war so davon überzeugt, Broome vor dem Mausoleum gesehen zu haben...«

»Laß nur«, sagte Cromwell. »Das war ein ganz natürlicher Irrtum. Du hast einen Mann aus dem Mausoleum kommen sehen, und in der Dunkelheit und bei dem Nebel hast du ihn mit Broome verwechselt. Das kam nur daher, weil du davon ausgingst, daß nur Broome den Schlüssel haben konnte.«

»Ich habe mich schon gewundert, warum du nicht beeindruckt warst, als ich dir sagte, daß nur Broome wissen konnte, wo der Schlüssel war«, meinte Johnny. »Das war natürlich völlig falsch. Niemand würde einem Butler so etwas anvertrauen!« Er sah Cromwell an. »Aber woher wußtest du Bescheid? Ich meine, mit Twyford?«

Cromwell hob die Schulter. »Vielleicht habe ich schon von Anfang an geargwöhnt, daß mit Twyford etwas nicht stimmte«, meinte er trocken. »Was gab es denn noch für Verdächtige? Moran – Alan Crossley – Bert Walters – Broome. Wer noch? Ich glaube, bis zu einem gewissen Punkt kann man sich schon ausmalen, was geschehen ist.«

»Ich nicht.«

»Denk doch einmal nach, Johnny. Ergibt sich nicht von selbst, daß Bert Walters gewußt haben muß, daß Twyford Lord Cloverne umgebracht hat? Ist nicht ebenso klar, daß Bert Twyford erpressen wollte?«

»Für mich nicht. Woher kann Bert denn gewußt haben, daß Twyford der Mörder war?«

»Um das herauszufinden, sind wir hier.«

»Du glaubst, daß Broome es weiß?«

»Möglicherweise.«

»Ich kenne mich nicht mehr aus«, gestand Johnny. »Als ich Bert heute nachmittag beschattete und ihn um fünf Uhr in eine Telefonzelle gehen sah, wußte ich natürlich nicht, wen er anrief. Aber als er später in das Mausoleum eingelassen wurde, glaubte ich, er habe mit Broome gesprochen. Natürlich hat er Twyford angerufen.«

»Genau. Und Twyford, der völlig verzweifelt war und Bert loswerden wollte, dachte an das Mausoleum. Er mußte sich mit Bert irgendwo treffen, wo ihn niemand sehen konnte. Was war da günstiger als das Mausoleum?«

»Na und ob«, sagte Johnny. »Vielleicht hatte der Kerl sich auch schon zurechtgelegt, wie er Broome mit hineinziehen konnte. War übrigens gar nicht schlecht gemacht, als er dir, ohne mit der Wimper zu zucken, erzählte, der Schlüssel befinde sich in einem Geheimfach des Schreibtisches im Arbeitszimmer.«

»Für ihn war es ungeheuer wichtig, den Schlüssel dort unterzubringen, wo er ihn angeblich finden wollte«, erklärte Cromwell. »Den Schlüssel in Besitz zu haben, war für ihn sehr gefährlich.«

»Ich bin heute nicht ganz auf Draht. Wieso?«

»Ich wiederhole das, was du vorhin gesagt hast, Johnny. ›Wer würde einem Butler einen solchen Schlüssel anvertrauen?‹ Nur Clovernes Anwalt konnte diesen Schlüssel haben, aber ganz bestimmt kein Diener.«

»Na ja, schon gut. Ich glaube dir ja.«

»Ich gebe zu, daß mich Twyfords Ankunft überrascht hat, bis er den Grund seines Besuches angab. Er war mir zu dürftig. Warum sollte ein Anwalt von seinem Ruf Broome aufsuchen, um mit ihm über seine Zukunft zu sprechen? Als ich ihn dann unerwartet nach dem Schlüssel zum Mausoleum fragte und er mir sofort sagen konnte, wo er aufbewahrt sei, wußte ich plötzlich Bescheid. Für mich stand in diesem Augenblick fest, daß er den Schlüssel bei sich trug. Daraus folgte, daß er der Mörder war.«

Johnny hob die Brauen.

»Er mußte um jeden Preis den Schlüssel loswerden, um keinen Verdacht auf sich zu lenken«, fuhr der Chefinspektor fort. »Was wäre passiert, wenn wir nicht im Haus gewesen wären, als Twyford kam? Er wäre ins Arbeitszimmer gegangen, hätte Broome hinausgeschickt und den Schlüssel in das Geheimfach gelegt.«

»Warum denn?« fragte Johnny.

»Weil der Schlüssel, solange er sich bei ihm oder auch nur in seinem Büro befand, einem Todesurteil gleichkam. Wäre alles so gelaufen, wie er sich vorgestellt hatte, dann hätte man Berts Leiche erst bei Lord Clovernes Beerdigung gefunden. Er wußte ja nicht, daß du Bert Walters beschattet hast. Dann hätte man Nachforschungen nach dem Schlüssel angestellt und sich bei Lord Clovernes Anwalt erkundigt. Verstehst du? Und wir hätten den Schlüssel tatsächlich in der Schublade gefunden, wie Twyford es uns erklärt hatte.«

»Raffiniert«, meinte Johnny.

»Ich hatte aber die Schublade schon durchsucht, als wir uns gestern mit dem Arbeitszimmer befaßten«, fuhr Cromwell fort. »Ich habe das Geheimfach gefunden, aber es war leer. Es war ein alter Taschenspielertrick, mit dem er angeblich den Schlüssel aus der Schublade nahm – und nicht sehr geschickt gemacht. Er hatte den Schlüssel schon in der Hand, als er sich über den Schreibtisch beugte. Und Mr. Twyford ist kein geübter Verbrecher.«

»Glaubst du, daß er Broome mit hineinziehen wollte?«

»Vermutlich, aber es steckt noch mehr dahinter, Johnny«, sagte Cromwell. »Ich spreche jetzt mit Broome und es wird ihm gar nicht angenehm sein. Hol ihn herauf.«

»Du glaubst, daß er mehr weiß, als er uns erzählt hat?«

»Mit Broome kenne ich mich nicht so recht aus«, meinte Ironsides nachdenklich. »Das ist ein Grund, warum ich noch einmal hergekommen bin, um ihn zu verhören. Inoffiziell, verstehst du!«

»Nein, ich verstehe nicht«, sagte Johnny. »Kannst du ihn denn überhaupt inoffiziell verhören? Wenn man sich überlegt, daß er in zwei Morde verwickelt sein kann, ist es dann nicht zu riskant . . .«

»Hol ihn herauf und spar dir diese Ermahnungen«, brummte der Chefinspektor. »Ich weiß schon, was ich tue. Ich will mir über Broome Klarheit verschaffen.«

Johnny machte sich auf den Weg.

Mrs. Broome saß blaß aber gefaßt in der Küche. Berts Tod hatte sie schockiert, aber sie weinte nicht. Ihr Gesicht verriet weder Angst noch Schuldbewußtsein, als sie sich erhob.

»Ich wußte, daß Bert Böses im Sinn hatte, Sir, aber er wollte mir nicht sagen, was es war«, erklärte sie. »Es heißt, man soll nicht schlecht von den Toten reden, aber die Wahrheit bleibt die Wahrheit. Er war ein fauler, bösartiger Bursche, und ich weine ihm keine Träne nach. Es ist natürlich schrecklich, daß er so enden mußte . . .«

»Ja, Mrs. Broome.«

»Seine Eltern, meine arme Schwester und ihr Mann, sind mit den anderen Kindern nach Australien ausgewandert, nachdem Bert ein paarmal eingesperrt worden war«, fuhr Mrs. Broome hastig fort. »Ich wollte gar nicht, daß er mich besuchte, aber ich konnte ihn nicht abweisen. Er war schließlich mein Neffe.«

»Ja, Mrs. Broome«, wiederholte Johnny. »Ich verstehe Sie. Mr. Cromwell möchte sich mit Ihrem Mann unterhalten.« Er drehte sich um und sah Broome an. Der Butler war blaß und nervös. Er hatte sich erhoben, als Johnny hereingekommen war, und stand jetzt zitternd neben dem Tisch.

»Jawohl, Sir. Ich komme sofort«, sagte der Butler mit schwankender Stimme. »Es war so ... Bert hatte herausgefunden ...« Er schwieg plötzlich und starrte seine Frau schuldbewußt an. »Ich meine, Sir, daß ...«

»Sparen Sie sich das für Mr. Cromwell auf«, sagte Johnny.

»Jawohl, Sir.«

Sie verließen die Küche, stiegen die Treppe hinauf und betraten das Wohnzimmer. Broome atmete schwer.

»Ich will Ihnen die ganze Wahrheit sagen, Sir«, wandte er sich an Cromwell. »Ich bin froh, mich endlich von dieser Last befreien zu können.«

»Gut, Broome«, sagte Ironsides ungewöhnlich sanft. »Setzen Sie sich und machen Sie es sich bequem. Ich will alles genau wissen. Sie sind in keiner günstigen Situation. Wenn Sie mir etwas verschweigen, sehe ich schwarz für Sie.«


14

Bill Cromwell lehnte sich zurück, sah Broome gedankenvoll an und stopfte seine Pfeife. Der Butler ließ sich zitternd auf einen Stuhl sinken; in seinem Gesicht zuckte es.

»Lassen Sie sich Zeit«, sagte Cromwell, während er die Pfeife in Brand setzte. »Es eilt nicht, Broome. Aber ich muß Sie warnen – wenn Sie mit dem Mord an Lord Cloverne etwas zu tun haben, muß ich Sie wegen Mittäterschaft festnehmen.«

»Das ist nicht wahr, Sir«, stieß der Butler hervor. »Ich hatte nichts damit zu tun. Ich wußte nicht einmal, daß Seine Lordschaft tot war, bis ich ins Schlafzimmer kam.«

»Schon gut. Regen Sie sich nicht auf«, unterbrach ihn der Chefinspektor. »Ich höre mir erst einmal an, was Sie zu sagen haben, dann sehen wir weiter. Deshalb wollte ich mich ja mit Ihnen in aller Ruhe unterhalten. Ich hätte Sie auch ins nächste Polizeirevier mtinehmen und offiziell verhören können.«

»Jawohl, Sir. Vielen Dank.«

»Also, fangen wir an. Wir sind uns aber einig, daß Sie nichts verschweigen werden«, sagte Cromwell. »Ich möchte alles hören – von Anfang an.«

Broomes Eifer war beinahe rührend.

»Die eigentliche Ursache war, daß Seine Lordschaft die junge Dame so gemein behandelte. Er erzählte ihr, ihre Mutter sei nichts wert gewesen, und sie würde keinen Penny bekommen . . .«

»Moment! Woher wissen Sie das alles?«

»Ich habe an der Tür gelauscht, Sir, das gebe ich offen zu«, bekannte Broome. »Es war vielleicht nicht richtig, aber ich wollte wissen, was vorging.«

Cromwell machte eine Handbewegung. »Dann natürlich«, sagte er. »Das kann ich verstehen. Sie waren zehn Jahre bei Lord Cloverne gewesen und wußten, wie er sein konnte. Sie fürchteten für Miss Blair.«

»Genau das, Sir«, sagte Broome. »Ich wußte aus der Art, wie er mir erzählt hatte, daß seine Enkelin ihn besuchen würde, was er für sie bereithielt. Mir lief eine Gänsehaut über den Rücken, als ich seine Augen sah.«

»Er hat mich auch einmal so angesehen, und es wundert mich nicht, daß Sie Ihre Befürchtungen hatten«, meinte Ironsides. »Weiter.«

»Es war furchtbar, Sir, wie er über sie hergefallen ist. Er sagte, sie würde keinen Penny bekommen. Nicht einmal die Erbstücke, die sich im Haus befänden.«

»Einen Augenblick.« Cromwell hob die Hand. »Hat er gesagt, worum es sich dabei im einzelnen handelt?«

»Nein, Sir.«

»Aber er behauptete entschieden, sie seien im Haus?«

»Jawohl, Sir.«

»Aber nichts Genaues?«

»Nein, Sir. Ich ging dann in die Küche zurück und erzählte meiner Frau, was ich gehört hatte. Ich ärgerte mich darüber, daß Seine

Lordschaft die junge Dame so gemein behandelt hatte, und ich war auch aufgeregt wegen der Erbstücke.« Broome zog ein Taschentuch heraus und wischte sich die Stirn. »Ich bin ja so dumm gewesen! Bert war da, und ich habe nicht daran gedacht, was er für ein Mensch ist. Er sprang auf und sagte: ›Erbstücke – das sind Diamanten und andere Edelsteine, und die befinden sich im Haus!‹ Ich wies ihn zurecht und meinte, das habe mit uns nichts zu tun. Er hielt den Mund und schwieg, bis meine Frau zu Bett gegangen war. Dann sah er mich habgierig an und meinte, wenn die Erbstücke im Haus seien, könnten wir sie leicht finden. Ich wollte nicht mittun. Dann sagte er, er wolle nicht heimgehen – er wolle die Nacht hierbleiben und in aller Ruhe suchen.«

»Haben Sie ihm dabei geholfen?«

»Nein, Sir. Ich ging zu Bett. Als ich am nächsten Morgen herunterkam, lag er auf dem Sofa. Er erzählte mir, er habe die Bibliothek durchsucht, aber nichts gefunden. Am selben Vormittag nach dem Frühstück schickte mich Seine Lordschaft zur Schreinerei, und den ganzen Tag hatte ich zuviel zu tun, um an versteckte Diamanten zu denken.«

»An diesem Vormittag kam auch Mr. Twyford zu Lord Cloverne«, sagte Cromwell. »Also, Broome, die Wahrheit: Haben Sie auch dieses Gespräch belauscht?«

»Ja, Sir«, gab Broome zu. »Ich wollte wissen, warum Seine Lordschaft Mr. Twyford sprechen wollte. Er, als Anwalt ...«

»Die Tatsache, daß Lord Cloverne die Fenster verbarrikadieren ließ, brachte Sie auf den Gedanken, daß er auch noch andere Einfälle haben könnte.«

»Ich bin auch dahintergekommen, Sir«, sagte der Butler. »Er wies Mr. Twyford an, ein neues Testament aufzusetzen, in dem mir und meiner Frau nichts mehr zugedacht war.«

»Das muß ein schwerer Schlag für Sie gewesen sein.«

»Ich konnte es kaum glauben, Sir. Vor drei Jahren, als Mr. Twyfords Vater noch lebte, machte Seine Lordschaft ein Testament, in dem für uns fünftausend Pfund vorgesehen waren. Das hörte ich Mr. Twyford sagen, als ich an der Tür lauschte. Er protestierte bei Seiner Lordschaft gegen den Wegfall dieser Klausel.«

»Und was hatte Lord Cloverne darauf zu sagen?«

»Äußerst wenig«, erregte sich Broome. »Er beschwerte sich darüber, daß ich ihm widersprochen und mich an seinem Wein vergriffen hätte. Um dieser Kleinigkeiten willen sollten wir nichts bekommen. Meine Frau und ich hatten uns ausgerechnet, daß wir nach zehnjährigem Dienst wenigstens ein paar tausend Pfund bekommen würden. Es war ein furchtbarer Schock, als ich erfuhr, daß wir gar nichts bekommen sollten.«

»Ich verstehe, Broome.«

»Ich ging ganz erledigt in die Küche«, fuhr der Butler fort. »Seine Lordschaft war alt, aber er konnte doch mindestens noch fünf Jahre leben, und was wäre dann aus uns geworden? Ich erzählte alles meiner Frau; Bert war auch dabei. Ich sagte ihr, daß wir nichts zu erwarten hätten, aber sie ließ sich nicht aus der Ruhe bringen. Sie sagte, wir würden es schon irgendwie schaffen.«

»Und Bert?«

»Ja, Bert hat mich beiseite genommen und wieder davon angefangen, daß wir die Erbstücke suchen sollten. Wenn der alte Mann schon so gemein zu uns wäre, warum sollten wir dann nicht wenigstens die Erbstücke verkaufen? Ich sagte ihm, das sei albern, und im übrigen könnte ich gar nicht glauben, daß es diese Erbstücke wirklich gebe. Ich hatte den Eindruck, daß Seine Lordschaft die junge Dame nur ärgern wollte.«

»Gar nicht so dumm, Broome, auf den Verdacht bin ich auch gekommen, aber Bert ließ sich wohl nicht von seiner Idee abbringen, was? Wo wollte er mit dem Suchen anfangen?«

»Überall, Sir, im ganzen Haus. Er sagte, irgendwo müßten sie ja sein. Während wir uns unterhielten, geschah etwas Merkwürdiges. Seine Lordschaft läutete. Ich nahm an, daß ich Mr. Twyford zur Tür bringen sollte. Ich ging hinauf und sah in diesem Augenblick Mr. Twyford durch die Halle gehen.«

»Na und?« fragte Cromwell.

»Es kam mir so vor, Sir, als benehme sich Mr. Twyford merkwürdig«, fuhr Broome fort. »Obwohl die Beleuchtung in der Halle nicht sehr gut ist, wie Sie ja wissen, wirkte sein Gesicht verzerrt. Als er zur Tür ging, zögerte er.«

»Und wo waren Sie?«

»In der Ecke, Sir, wo die Treppe zum Souterrain endet. Dort ist es ziemlich dunkel, und ich war von Mr. Twyfords Verhalten so überrascht, daß ich stehenblieb und ihn anstarrte. Er sah mich nicht.«

»Weiter.«

»Jetzt kommt das Merkwürdige«, fuhr Broome fort. »Plötzlich ging er zur Tür, durch die man in die unbenützten Räume gelangt, und verschwand. Ich war so verblüfft, daß ich zunächst meinen Augen kaum traute. Ich meine, wer hätte von einem Gentleman so etwas erwartet. Unterwegs war Mr. Twyford ein paarmal stehengeblieben, hatte sich umgedreht und gelauscht. Man spürte deutlich, daß er etwas im Schilde führte.«

Bill Cromwell schlug die Beine übereinander und zog an seiner Pfeife. Johnny sah, daß er zufrieden war.

»Reden Sie ruhig weiter, Broome«, sagte Cromwell. »Ich kann verstehen, daß Sie überrascht waren. Was haben Sie dann getan? Wir müssen alles wissen. Bisher scheinen Sie mir die Wahrheit zu sagen. Ich rate Ihnen, verschweigen Sie nichts. Die Entscheidung darüber, welche Rolle Sie gespielt haben, hängt davon ab, ob Sie ganz offen sind.«

»Das weiß ich, Sir, und ich bin Ihnen auch sehr dankbar, daß Sie mir Gelegenheit geben, alles zu erklären«, erwiderte der Butler. »Ich wußte jedenfalls nicht, was ich von der ganzen Sache halten sollte. Ich wartete in der Halle, weil ich annahm, daß Mr. Twyford bald zurückkommen würde. Er blieb aber fort. Sie wissen ja, daß die Arbeiter gerade dabei waren, die Fenster zu verbarrikadieren, aber Mr. Twyford tauchte nicht mehr auf.«

»Wieso wissen Sie das so genau? Kann er nicht das Haus heimlich verlassen haben?«

»Nein, Sir« erklärte Broome. »Ich wartete die ganze Zeit in der Halle. Nach einer Stunde rief ich Bert herauf und erzählte ihm, was ich gesehen hatte. Er fand es auch seltsam. Er übernahm die Wache, während ich meiner Arbeit nachging. Die Tür wurde also dauernd beobachtet. Mr. Twyford konnte nicht auf andere Weise hinausgelangt sein, weil die Hintertür zum anderen Teil des Hauses gehört.«

»Und die Hintertreppe?«

»Die konnte er nicht benützen, ohne gesehen zu werden, weil er durch den benützten Teil des Hauses gehen mußte und dabei Gefahr lief, entweder mir oder meiner Frau zu begegnen. Nein, Sir, wir waren davon überzeugt, daß sich Mr. Twyford aus irgendeinem Grund versteckte.«

»Was hatte Ihre Frau dazu zu sagen?«

»Nichts, Sir. Wir sagten ihr nicht Bescheid, sie wußte überhaupt nichts. Ich muß Ihnen ehrlich gestehen, Sir, daß ich ziemlich erschrocken war. Mir gefiel das nicht. Es wurde Abend, und ich kann mich dafür verbürgen, daß Mr. Twyford nicht mehr auftauchte. Die ganze Zeit mußte er sich im unbenützten Teil des Hauses versteckt haben – ohne Licht, ohne Nahrung, ohne Wärme. Ich hielt ihn für übergeschnappt. Die Arbeiter machten schließlich Feierabend, es wurde Nacht, und meine Frau ging zu Bett. Bert und ich wechselten uns in der Beobachtung der Tür ab. Nachdem meine Frau schlafen gegangen war, hielt ich bis elf Uhr Wache. Dann trat Bert an meine Stelle. Das ist alles, Sir. Ich legte mich schlafen und . . .«

»Und was war mit dem Läuten während der Nacht?«

»Ach ja, Sir, ich habe Ihnen vor ein paar Tagen davon erzählt«, sagte Broome, der nicht wußte, daß Alan Crossley seine Aussage bestätigt hatte. »Ich glaube nicht, daß es geläutet hat. Meine Frau muß sich geirrt haben. Sie kommt manchmal auf solche Ideen«, fügte er kopfschüttelnd hinzu.

Cromwell entnahm seiner Miene, daß Mrs. Broome nicht zu den klügsten Menschen gehörte. Sie war fleißig und anständig, aber wohl nicht sehr intelligent. Andernfalls wäre ihr unzweifelhaft aufgefallen, daß im Haus seltsame Dinge vorgegangen waren.

»Nur zu, Broome«, sagte Cromwell. »Sie sind um elf Uhr ins Bett gegangen und haben Ihren Neffen als Wachposten zurückgelassen. Warum wurde seine Ablösung nicht vereinbart, sagen wir, in den frühen Morgenstunden?«

»Das war vorgesehen, Sir. Er sollte mich um halb drei Uhr wecken.«

»Hat er das getan?«

»Nein, Sir.«

»Warum nicht?«

»Das erfuhr ich erst später«, meinte Broome. »Meine Frau

weckte mich zur üblichen Zeit, und ich fragte mich, warum Bert zu meiner Überraschung auf dem Küchensofa lag und schlief. Alles war so normal, daß ich mich fragte, ob ich nicht nur geträumt hätte.« Er atmete schwer. »Sie können mir glauben, Sir, daß ich viel dafür gegeben hätte, alles nur im Traum erlebt zu haben. Als ich Seine Lordschaft fand, von der Decke hängend, tot ...«

»Einen Augenblick. Drücken Sie sich präziser aus.«

»Ich habe Ihnen doch schon alles erzählt, Sir.«

»Ich weiß. Aber ich will es noch einmal hören.«

»Nun, meine Frau machte wie üblich in der Küche das Frühstück. Wir sprachen nicht viel miteinander. Ich fragte mich, ob Mr. Twyford während der Nacht das Haus verlassen hatte, und meine Frau machte sich Gedanken wegen Bert. Sie verstand nicht, warum er immer noch da war, und ich sagte ihr natürlich nicht Bescheid. Als Seine Lordschaft um neun Uhr nicht läutete, wunderten wir uns. Nach einer Weile wurden wir ganz nervös, und ich ging schließlich hinauf, um an der Schlafzimmertür zu klopfen. Mein Gott! Ich werde mein Leben lang den Anblick nicht vergessen, als ich die Tür öffnete und er an dem Strick pendelte ...«

»Pendelte?«

»Nun, ich meine, er hing«, sagte Broome. »Er pendelte natürlich nicht. Er muß schon seit Stunden tot gewesen sein. Ich rannte hinaus, riß die Haustür auf und schrie nach der Polizei. Wie ich es Ihnen schon erzählt habe, Sir.«

»Sie ahnten damals noch nicht, wer Lord Cloverne umgebracht hatte?«

»Wenn ich überhaupt etwas dachte, Sir, dann nur, daß der ausgebrochene Zuchthäusler Moran der Täter gewesen sein mußte.«

»Bert Walters haben Sie nicht verdächtigt?«

»Den?« sagte Broome verächtlich. »Er hätte niemals den Mut dazu, Sir. Er ist ein schlauer Bursche, aber einen Mord traue ich ihm nicht zu. Nach der ersten Aufregung und dem Verhör durch die Polizei durfte ich wieder in die Küche hinuntergehen. Bert war wach. Meine Frau war gerade nicht da, und er flüsterte mir zu: ›Twyford hat es getan.‹ Ich fragte: ›Was denn?‹ Er sagte: ›Der Anwalt hat den Alten umgebracht.‹ Ich hielt ihn für übergeschnappt. Er ließ sich aber nicht davon abbringen, und je mehr ich ihm zuhörte, desto unheimlicher wurde mir. Ich hatte Angst, Sir. Ich war einfach entsetzt.«

Broome war leichenblaß. Cromwell sah ihn scharf an und nickte. »Beruhigen Sie sich, Broome«, sagte er. »Jetzt ist alles vorbei. Ich sehe schon, daß Sie mir noch eine Menge zu erzählen haben.«

Broome wischte sich über die Stirn. »Was ich Ihnen sage, ist die reine Wahrheit, Sir«, bekräftigte er noch einmal. »Bert führte mich ins Speisezimmer, wo wir allein sein konnten. Er wollte nicht, daß seine Tante etwas merkte.«

»Was hat er Ihnen erzählt?«

»Nun, kurz nachdem ich zu Bett gegangen war, sei Mr. Twyford aus dem unbenützten Teil des Hauses gekommen und die Treppe hinaufgestiegen«, berichtete Broome mit leiser Stimme. »Bert folgte ihm und sah Mr. Twyford das Schlafzimmer Seiner Lordschaft betreten. Bert erzählte, es habe mindestens fünf Minuten gedauert, bis die Tür offen gewesen sei, weil Mr. Twyford jedes Geräusch vermeiden wollte. Er machte die Tür hinter sich zu, und alles wurde still. Bert wunderte sich, aber er konnte nichts hören ...«

»Keinen Aufschrei? Keine Geräusche, die auf einen Kampf schließen ließen?«

»Keinen Ton, Sir. Es wurde auch kein Wort gesprochen. Mr. Twyford war ungefähr eine halbe Stunde im Schlafzimmer Seiner Lordschaft. Als er herausgekommen war, schlich er sich, die Aktentasche in der Hand, die Treppe hinunter und verließ das Haus. Es war neblig, und er war mitten in der Nacht kaum in Gefahr, gesehen zu werden.«

»Um welche Zeit ist das gewesen?«

»Bert meinte, so gegen Mitternacht.«

»Und dann?«

»Bert war natürlich entsetzt. Er kannte sich überhaupt nicht mehr aus. Er war aber immerhin davon überzeugt, daß Mr. Twyford nicht zu einer Besprechung in das Schlafzimmer Seiner Lordschaft gekommen war. Er hätte sonst ja auch Stimmen hören müssen. Was hatte Mr. Twyford also fast eine halbe Stunde lang im Schlafzimmer getrieben? Bert ist ein neugieriger Bursche, er hielt es nicht mehr aus, stieg wieder hinauf und öffnete die Tür zum Schlafzimmer Seiner Lordschaft. Was er gesehen hat, wissen Sie ja,

Sir. ›Dieser Twyford ist es gewesen‹, erzählte mir Bert ungerührt, ›deswegen hat er sich im Haus versteckt und bis Mitternacht gewartet. Er schlich hinauf, erwürgte den Alten und hängte ihn auf.‹ Ich konnte nichts anderes tun, als ihm zu glauben, Sir«, fügte Broome mit schwankender Stimme hinzu. »Ich meine, er war doch dabei, er hat es gesehen. Es kann niemand anders gewesen sein als Mr. Twyford.«

»Eben.«

»Sie sehen selbst, was Bert für ein Mensch war«, sagte Broome. »Er hat uns nicht geweckt. Er ging wieder in die Küche und legte sich schlafen. Das ist doch nicht zu fassen.«

Cromwell nickte. Er dachte nach. Wenn Moran die Wahrheit gesagt hatte, mußte er Lord Clovernes Schlafzimmer betreten haben, kurz nachdem Bert Walters es verlassen hatte.

»Ich war so durcheinander, daß ich nicht mehr richtig denken konnte«, fuhr Broome fort. »Ich wagte mich nicht einmal zu meiner Frau, weil ich befürchtete, daß sie mir etwas anmerken würde. Als wir uns aber dann trafen, glaubte sie, ich sei wegen des Todes Seiner Lordschaft so aufgeregt. Die meiste Zeit war ich übrigens mit Bert allein. Ich fragte ihn, ob er verrückt geworden sei. Warum er nicht mitten in der Nacht Alarm geschlagen habe? Er lachte mich aus. ›Und was wäre dann aus mir geworden?‹ fragte er bösartig. ›Wie hätte ich das Ganze der Polizei erklären können? Vielleicht hätte man mich sogar eingesperrt.‹ Ich mußte zugeben, daß er recht hatte, Sir.«

»Und ob«, stimmte Cromwell zu. »Bert Walters war vor allem um seine Haut besorgt.«

»Aber es steckte noch mehr dahinter.«

»Kann ich mir denken.«

»Bert sagte, wir hätten Mr. Twyford jetzt in der Hand. ›Wir wissen, daß er der Mörder ist, Onkel‹, sagte er. ›Er ist ein bekannter Anwalt und hat sehr viel Geld. Da können wir den Rahm abschöpfen.‹ Ich sagte ihm, daß ich mit der Sache nichts zu tun haben wollte.«

»Hoffentlich stimmt das auch, Broome«, meinte Cromwell ernst. »Erpressung ist ein schmutziges Geschäft – und ein gefährliches. Bevor Sie weiterreden, möchte ich Ihnen ein paar Minuten Bedenkzeit geben. Nein, warten Sie noch«, fügte er hinzu, als der Butler etwas sagen wollte. »Lassen Sie sich die zwei Minuten Zeit. Ich weiß dann schon, ob Sie die Wahrheit sagen.«

Der Chefinspektor lehnte sich zurück und stopfte von neuem seine Pfeife.

Johnny Lister staunte über seinen Vorgesetzten. Hier saß er und rauchte in aller Ruhe eine Pfeife nach der anderen, obwohl er wußte, daß im Friedhof eine ganze Schar von Kriminalbeamten an der Arbeit war. Cromwell hatte, nachdem Twyford zum Polizeirevier gebracht worden war, den Mousoleumsschlüssel bei dem diensttuenden Inspektor hinterlegt und mit Scotland Yard telefoniert. Inzwischen wurden seine Anweisungen bereits ausgeführt. Bert Walters Leiche war vom Polizeiarzt untersucht worden, und der Spurensicherungsdienst hatte seine Arbeit aufgenommen.

»Also, Sir, ich bin jetzt soweit«, sagte Broome und beugte sich vor. »Es ist wirklich wahr, daß ich mit Berts Vorschlag nichts zu tun haben wollte. Ich hatte viel zuviel Angst. Ich flehte ihn an, seiner Tante nichts zu sagen. Daran hat er sich auch gehalten. Sie wußte nicht, was er vorhatte.«

»Und Sie?«

»Ich wußte nicht, was ich tun sollte, Mr. Cromwell«, sagte der Butler. »Ich erklärte Bert, daß er mit dem Feuer spiele und daß wir am besten alles der Polizei sagen sollten, aber er war dagegen.«

»Hätten Sie uns nicht von sich aus verständigen können?« fragte Cromwell. »Es war sehr gefährlich, diesen Augenblick ungenützt verstreichen zu lassen.«

»Ich weiß, Sir – ich wußte es auch damals schon. Aber ich war in der Zwickmühle. Bert schwor mir, daß er alles bestreiten würde. Er wolle der Polizei gegenüber behaupten, er sei wie üblich zu Bett gegangen und habe die ganze Nacht durchgeschlafen. Ich wußte, daß ich nicht das Gegenteil beweisen konnte. So wahr ich hier sitze, Sir, das ist die Wahrheit.«

»So war das also«, sagte Cromwell mürrisch. »Bert hat also auf eigene Faust gehandelt, wie? Sie waren nicht mit seinem Vorschlag einverstanden, Twyford zu erpressen?«

»Niemals, Sir!«

»Hat er das Haus während des folgenden Tages verlassen?«

»Jawohl, Sir.«

»Wann, Broome?«

»Nun, Mr. Twyford kam am Vormittag zu uns, als sei überhaupt nichts passiert.«

»Ja, ich bin ihm begegnet«, meinte Cromwell. »Er ist kein schlechter Schauspieler. Aber ganz habe ich der Geschichte doch nicht getraut«, sagte er zu Lister. »Es kam mir so vor, als sei mit ihm etwas nicht in Ordnung.«

»Mr. Twyford mußte natürlich so tun, als wisse er gar nichts. Er hatte mit Seiner Lordschaft vereinbart, das neue Testament zu bringen, und daran mußte er sich halten.«

»Sie wollten doch vorhin etwas über Bert erzählen.«

»Ja, Sir. Nachdem Mr. Twyford wieder gegangen war, verließ Bert für ein paar Stunden das Haus. Er sagte mir nicht, wo er gewesen war. Ich fragte ihn allerdings auch nicht. Ich wollte mit ihm nichts zu tun haben. Ich kam aber auf den Gedanken, daß er vielleicht in Mr. Twyfords Büro gewesen war – oder ihn angerufen hatte. Genaueres wußte ich nicht.«

Der Chefinspektor nickte. »Ich glaube, wir können Berts Weg verfolgen, Johnny«, sagte er nachdenklich. »Wahrscheinlich hat er Twyford angerufen und ihn erkennen lassen, daß er Bescheid wußte. Nachdem er den ganzen Tag über die Zeit totgeschlagen hatte, rief er um fünf Uhr Twyford wieder an. Bei dieser Gelegenheit vereinbarte Twyford das Treffen im Mausoleum. Er riet Bert, um eine bestimmte Zeit dort zu erscheinen; wahrscheinlich hat er sich auch bereit erklärt, eine größere Summe mitzubringen. Twyford, der den Schlüssel zum Mausoleum hatte, war als erster da – und wartete.«

»Ich kann mir das genau ausmalen«, meinte Johnny Lister. »Bert war hirnverbrannt, ein solches Risiko einzugehen! Ein Mensch, der schon einen Mord begangen hat, wird vor einem zweiten kaum zurückschrecken. Er stand im Mausoleum und wartete auf Berts Klopfzeichen. Dann öffnete er die Tür und – peng! Ein Schlag mit dem schweren Knüppel, und alles war vorbei.«

»Ja, Johnny«, sagte Cromwell. »Twyford muß so verzweifelt gewesen sein, daß er keinen anderen Ausweg sah. Aber ich bezweifle, daß er sofort zugeschlagen hat.«

»Glaubst du, daß sie miteinander gesprochen haben?«

»Unbedingt. Twyford muß sich doch vergewissert haben, daß Bert die einzige Gefahr für ihn war.« Cromwell sah den Butler an. »Er hatte sich davon zu überzeugen, daß Sie, Broome, von der Erpressung nichts wußten.«

»Ich wollte nichts damit zu tun haben«, beteuerte Broome. »Ich habe Bert gesagt, daß er mit dem Feuer spielte, aber er wollte mich ja nicht anhören.«

Cromwell stand auf und reckte sich.

»Sie haben sich nicht sehr intelligent benommen, Broome«, sagte er streng. »Sie hatten ein starkes Motiv, Lord Cloverne zu töten.«

»Ich, Sir?« fragte Broome.

»Lassen Sie mich ausreden. Ja, Sie. Sie wußten, daß das neue Testament nicht unterschrieben werden konnte, wenn Lord Cloverne die Nacht nicht überlebte. Sie wußten, daß Sie die fünftausend Pfund nur bei Lord Clovernes schnellem Tod sicher hatten.«

»Daran habe ich überhaupt nicht gedacht, Sir«, keuchte Broome entsetzt. »Ich hatte keine Ahnung, daß Seine Lordschaft tot war, bis ich ihn fand. Ich habe es nicht getan, Sir, ich habe ihn nicht umgebracht. Auch Bert ist es nicht gewesen.«

»Ja, schon gut, wir wissen ja, wer Lord Cloverne umgebracht hat«, sagte Cromwell. »Allein die Tatsache, daß Bert Walters tot ist, beweist, daß als Mörder nur Twyford in Frage kommt. Eine scheußliche Sache, Broome, und ich bin froh, daß Sie vernünftig genug waren, mir die Wahrheit zu sagen.«

»Dann – dann glauben Sie mir also, Sir?«

»Ja. Vielleicht brauchen wir nicht einmal Strafantrag wegen Begünstigung gegen Sie zu stellen.« Cromwell sah den Butler streng an. »Aber Sie haben sich nicht so benommen, wie man es von einem Mann in Ihrem Alter und Ihrer Stellung erwarten kann. Bert hat seine Habgier teuer bezahlen müssen. Nun gehen Sie in die Küche, trösten Sie Ihre Frau und sagen Sie ihr, daß gegen Sie beide nichts unternommen wird.«

Broome vermochte eine Weile kein Wort herauszubringen. In seinen Augen schimmerten Tränen. Dann versuchte er seiner Rührung Herr zu werden.

»Gott segne Sie, Sir«, murmelte Broome. »Aber Trost brauche

ich – nicht meine Frau. Sie weiß gar nicht, was eigentlich vorgegangen ist. Gott segne Sie, Sir, für Ihre Freundlichkeit.«

Er verließ mit unsicheren Schritten das Zimmer, und Johnny sah ihm zweifelnd nach.

»Na, du mußt ja wissen, was du tust, Old Iron«, sagte er. »Kannst du Broome wirklich aus der Sache heraushalten?«

»Ich glaube schon. Bert Walters ist tot, Twyford kommt als einziger Täter in Frage, warum sollten wir Broome also noch in Schwierigkeiten bringen? Seine Frau würde die Schande vielleicht nicht überleben. Immerhin hat Broome schließlich kein Verbrechen begangen.«

»So? Er hat geschwiegen, das reicht doch schon.«

»Aber er hat es nicht böse gemeint«, sagte Cromwell. »Er saß wirklich in der Zwickmühle. Bert hatte ihn in eine verteufelte Lage gebracht. Im Grunde seines Wesens ist Broome ein anständiger Mann. Ja, sicher, er lauscht an Türen und vergreift sich an den besten Weinen seiner Herrschaft, aber das sind doch Kleinigkeiten. Es wäre wirklich nicht richtig, den beiden Leuten den Lebensabend zu versalzen. Leben und leben lassen, sage ich immer, und zum Teufel mit den Vorschriften.«

»Na, du bist mir einer, Old Iron«, meinte Johnny Lister grinsend. »Ohne mit der Wimper zu zucken, riskierst du deine Laufbahn. Und jetzt gehen wir wohl besser zum Mausoleum?«

»Ja«, sagte Cromwell, der schon auf dem Weg zur Tür war. »Heute nacht wird es wohl wenig Schlaf geben, Johnny.«

»Warum? Wir brauchen ja schließlich nicht mehr nach Spuren zu suchen, die auf den Mörder weisen«, meinte Johnny. »Der sitzt ja schon. Übrigens, warum hat Twyford Cloverne umgebracht? Welches Motiv hatte er?«

»Das müssen wir noch herausfinden«, sagte Bill Cromwell.

# 15

Mehrere Tage vergingen, bis Cromwell mit Heather Blair und Alan Crossley wieder zusammenkam. Er war sehr beschäftigt gewesen. Obwohl der Mörder bereits in Haft war, mußten noch zahlreiche Ermittlungen durchgeführt werden. Dann kamen die gerichtlichen Voruntersuchungen, die Auseinandersetzungen mit der Presse und das Begräbnis Lord Clovernes, der im Familienmausoleum beigesetzt wurde. Wie Cromwell vorausgesagt hatte, bestand keine Notwendigkeit, Broome und seine Frau zu belasten. Broome war nur der Butler, eine Nebenperson im Drama, ohne Bedeutung.

Als Cromwell endlich wieder ein wenig Zeit hatte, vereinbarte er mit Heather Blair und Alan Crossley eine Zusammenkunft im Tresham House. Sie fuhren hin, ohne zu wissen, warum er sie zu sprechen wünschte. Beide waren über den Mord an Bert Walters und die Verhaftung von Horace Twyford entsetzt gewesen.

Der ruhige geachtete Anwalt ein Doppelmörder? Ausgeschlossen! Heather hatte sich nicht fassen können. Die Zeitungen hatten sich natürlich des Falles bemächtigt, und der bevorstehende Prozeß gegen Twyford schien einige Sensationen zu versprechen. Broome, der sich wieder erholt hatte und erneut zum würdevollen, gelassenen Butler geworden war, führte immer noch den Haushalt im Tresham House. Er öffnete Heather und Alan mit freundlichem Lächeln die Tür, und sie begrüßten ihn. Obwohl Heather keinen Anspruch auf das alte Haus hatte, betrachtete Broome sie als die neue Eigentümerin.

»Mr. Cromwell und Mr. Lister befinden sich im Arbeitszimmer«, sagte er. »Hoffentlich haben Sie sich inzwischen von Ihrem Schrecken erholt.«

»Vielen Dank, Broome, es geht schon wieder«, sagte Heather. »Wie geht es Ihnen und Ihrer Frau? Ist hinsichtlich Ihrer Zukunft schon etwas beschlossen worden?«

»Die Anwälte haben uns angewiesen, vorerst hierzubleiben, Miss, bis der Nachlaß geregelt ist und wir unseren Anteil bekommen haben. Wir werden dann eine kleine Gastwirtschaft auf dem Land übernehmen, die mir mein Bruder in Sussex empfohlen hat.«

»Es freut mich, daß Sie so gute Aussichten haben. Das Ganze ist natürlich inoffiziell. Ich möchte, falls es geht, die Angelegenheit mit den Erbstücken der Clovernes klären.«

Heathers Augen glitzerten, als sie ins Arbeitszimmer gingen, wo Cromwell und Lister sie erwarteten. »Glauben Sie wirklich, daß etwas an der Sache mit den Erbstücken dran ist, Mr. Cromwell?« fragte sie eifrig.

»Möglich«, erwiderte Cromwell vorsichtig. »Seit Twyfords Verhaftung ist allerhand geschehen. Er hat ausgepackt. Außerdem wurden seine Unterlagen durchgesehen. Seine Anwaltskollegen sind jetzt für seine Klienten verantwortlich und auch für die Geschäftsinteressen von Lord Cloverne.«

»Hat sich etwas ergeben, Mr. Cromwell?« fragte Alan. »Weiß man, warum Twyford den alten Mann umgebracht hat?«

»Das weiß man jetzt sogar sehr genau«, erwiderte Cromwell. »Die Untersuchung hat ergeben, daß Twyford seit längerer Zeit in finanziellen Schwierigkeiten war. Er gab weit mehr aus, als er einnahm, und machte einen Großteil des Cloverne-Vermögens zu Bargeld, das er verbrauchte. Twyfords Vater, ein absolut ehrenwerter Mann, führte Clovernes Geschäfte, und als er starb, gestattete Lord Cloverne natürlich, daß sein Sohn diese Aufgabe übernahm. Lord Cloverne gehörte zu den Leuten, die alles ihren Anwälten überlassen. Er hatte natürlich auch keinen Grund, besonders vorsichtig zu sein, weil Twyfords Anwaltskanzlei einen hervorragenden Ruf hatte. Twyford verließ sich darauf. Er glaubte, alles so drehen zu können, daß niemand etwas auffallen würde. Dann aber bestellte ihn Lord Cloverne unerwartet zu sich.

Bei der letzten Besprechung mit dem Richter erhielt Twyford die Anweisung, nicht nur ein neues Testament aufzusetzen, sondern auch eine Vermögenszusammenstellung anzufertigen und mitzubringen. Twyford fügte sich natürlich, er konnte ja nicht gut mit Einwänden dagegen vorgehen. Er mußte die Vermögensaufstellung am folgenden Tag abliefern. Natürlich war das für ihn völlig unmöglich. Er konnte sich nicht selbst bloßstellen. Andererseits war er aber auch nicht in der Lage, die Unterlagen zurückzubehalten. Sobald ein reicher Mann seinen Finanzberatern gegenüber mißtrauisch wird, fängt er an zu bohren. Als Twyford an jenem Vormittag Tresham House verließ, wußte er, daß er ausgespielt hatte.

Es gab nur eine Möglichkeit, sich vor dem Ruin und vor dem Gefängnis zu retten. Er mußte noch in derselben Nacht Lord Cloverne umbringen.«

»Eine schreckliche Entscheidung«, sagte Heather schaudernd.

»Twyford fällte sie, weil ihm keine andere Alternative blieb. Ich glaube, daß die Idee, sich im unbenützten Teil des Hauses zu verstecken, um in der Nacht ins Schlafzimmer des alten Mannes zu schleichen, bei ihm entstanden sein muß, als er die Treppe zur Halle hinunterging. Trotz seiner äußerlichen Gelassenheit war er innerlich einem Zusammenbruch nahe. Sie können sich vorstellen, wie ihm zumute war.

Er wußte, daß alle Fenster verbarrikadiert wurden. Sobald das einmal abgeschlossen war, würde es schwierig sein, heimlich ins Haus einzudringen. Es gab einen zweiten Grund, der ihn bewog, sofort zu handeln. Unerwartet fand er sich in der Halle allein. Broome, der Butler, war noch nicht da. Er wußte, daß die unbenutzten Räume nie betreten wurden. Er packte die Gelegenheit beim Schopf, schlüpfte durch die Tür in den unbewohnten Teil des Hauses und wartete dort den ganzen Tag und die halbe Nacht. Ich hatte Spuren entdeckt, die darauf hinwiesen, daß sich jemand dort aufgehalten haben mußte. Der Plan war durchaus nicht übel. Wer hätte auf die Idee kommen sollen, ihm das Verbrechen anzulasten? Er wäre wohl auch davongekommen, wenn Bert Walters sich nicht im Haus befunden hätte. Der Bursche sah Twyford kurz vor Mitternacht nach oben schleichen und Lord Clovernes Schlafzimmer betreten. Er wartete in einem Versteck, bis Twyford eine halbe Stunde später herauskam. Er folgte Twyford, sah ihn das Haus verlassen und im Nebel verschwinden. Und was tat Bert Walters dann? Er ging wieder hinauf, warf einen Blick in Lord Clovernes Schlafzimmer und fand den alten Mann tot an dem Haken hängend.«

»Um Gottes willen«, sagte Heather entsetzt. »Warum hat er nicht sofort Alarm geschlagen?«

»Weil er wußte, daß er Twyford in der Hand hatte«, erwiderte Cromwell. »Der Kerl ging in die Küche hinunter und schlief. Am anderen Morgen fand Broome Lord Cloverne tot in seinem Schlafzimmer.«

»Warten Sie«, sagte Alan. »Kurz nach Mitternacht? Und was war mit dem Mann, den ich gepackt habe, als er die Leiter heruntersteig?«

»Das war Moran, der Lord Cloverne auch hängen sah und sofort das Weite suchte. Moran haben wir inzwischen festgenommen. Wir konnten aber klären, daß er nicht der Mörder war.«

»Könnten wir nicht über die Erbstücke reden«, fragte Heather ungeduldig. »Vor ein paar Minuten sagten Sie, Mr. Cromwell, daß es sie vielleicht wirklich gibt.«

»Ja. Die Tatsache, daß Lord Cloverne sie vor Twyford erwähnte und daß sie im Testament erwähnt werden, beweist für mich, daß es nicht nur Produkte einer blühenden Phantasie sind. Wenn sich die Erbstücke im Haus befinden, wie Ihr Großvater erklärt hat, kann es nicht allzu schwer sein, sie zu finden. Vielleicht kann uns Broome da weiterhelfen, obwohl er es selbst nicht weiß. Ich wüßte nicht, Miss Blair, warum Sie nicht nehmen sollten, was Ihnen gehört – denn Lord Cloverne hat in seinem Testament vor drei Jahren ausdrücklich bestimmt, daß Ihnen die Erbstücke gehören sollen. Er wollte Sie zwar auch damit ärgern, aber darauf kommt es nicht an. Wenn Sie die Erbstücke finden, gehören sie Ihnen. Die Frage ist nur, wo sind sie?«

»Er hat mir gesagt, daß es sich um Juwelen handelt, die einmal den Clovernes gehört haben«, meinte Heather.

»Wenn man sich überlegt, was Lord Cloverne für ein Mensch war, frage ich mich, ob das wirklich Juwelen waren«, unterbrach sie Cromwell stirnrunzelnd. »Vielleicht handet es sich um etwas anderes, etwas Wertvolleres.«

»Was gibt es hier im Haus, was wertvoller wäre als Juwelen?« fragte Alan Crossley. »In einem Schrank im Wohnzimmer habe ich ein paar herrliche Jadestücke gesehen, die einen beachtlichen Wert haben dürften. Und das Mobiliar, das zum Teil auch noch aus der Zeit der Französischen Revolution stammt, müßte bei einer Auktion gute Preise erzielen. Aber wo sollen wir mit der Suche anfangen?«

»So, wie Sie sich das vorstellen, geht es nicht«, meinte Cromwell kopfschüttelnd. »Wir müssen uns vorher alles genau überlegen und nach einer Spur Ausschau halten. Vielleicht können uns die Broomes weiterhelfen.«

Fünf Minuten später, nachdem Johnny Lister Mr. und Mrs. Broome vom Souterrain heraufgebracht hatte, stand die kleine Gruppe in der großen, dunklen Halle. Ohne Zögern begann Cromwell mit der Befragung.

Beide sahen ihn erstaunt an. »Es hat keinen Sinn, Sir«, meinte der Butler, »meine Frau und ich haben nie von irgendwelchen Erbstücken gehört – jedenfalls bis vor ein paar Tagen nicht. Wenn sie so wertvoll sind, wie Sie glauben, meinen Sie dann nicht, daß Seine Lordschaft sie in seinem Arbeitszimmer aufbewahrt hätte?«

»Dort haben meine Leute alles durchsucht«, sagte Cromwell. »Lord Cloverne hatte keinen Safe. Alles andere haben wir ausgeräumt. Nein, im Arbeitszimmer ist nichts zu finden.« Er wandte sich an Mrs. Broome. »Sie könnten uns vielleicht helfen, Mrs. Broome, nachdem Sie seit so vielen Jahren Lord Clovernes Haushälterin gewesen sind. Hat es irgend etwas gegeben, was er besonders schätzte?«

»Nicht, daß ich wüßte, Sir«, erwiderte Mrs. Broome. »Seine Lordschaft befahl mir, mit den Jadesachen vorsichtig zu sein, weil sie sehr viel wert seien. Und die alten Bilder da hat er auch hoch geschätzt.« Sie wies auf die Wände. »Für mich sind sie nichts Besonderes.«

»Die Bilder habe ich mir schon angesehen«, meinte der Chefinspektor. »Ob sie alle echt sind, weiß ich nicht. Wird er die als Erbstücke betrachtet haben? Ich glaube kaum. Die einzige Möglichkeit wäre noch das Mausoleum. Es sähe Lord Clovernes mit seinem makaberen Humor ähnlich, ein Grabmal als Aufbewahrungsort zu wählen.«

»Donnerwetter, das ist eine Idee«, sagte Alan. »Das Mausoleum ist ja fast so etwas wie ein Tresor. Dicke Mauern, winzige Fenster und eine massive Tür, wie man sie nur vor ein paar hundert Jahren hergestellt hat.«

»Und sie war immer abgesperrt«, meinte Cromwell nickend.

»Der Schlüssel zum Mausoleum lag im Safe der Anwälte. Für alle Fälle habe ich den Schlüssel mitgebracht ...«

Er wurde durch einen leisen Aufschrei von Mrs. Broome unterbrochen.

»Oh, Sir, mir ist eben etwas eingefallen«, sagte sie. »Es hat mit dem Bild da drüben zu tun.« Sie wies auf eines der Ölgemälde an der Wand. »Da ist einmal etwas Merkwürdiges geschehen. Oh, schon vor Jahren, bald, nachdem mein Mann und ich in den Dienst Seiner Lordschaft getreten sind.«

»So, was denn?« fragte Heather.

»Ich machte die Halle hier sauber, und, gründlich wie ich bin, habe ich auch das Bild abgenommen und den Rahmen geputzt, als Seine Lordschaft die Treppe herunterkam und mich sah. Sie hätten hören sollen, wie er sich aufgeregt hat. Er beschimpfte mich und befahl mir, das Bild nie mehr anzurühren. Wie ich es wagen könnte, es überhaupt herunterzunehmen? Was ihn am meisten zu ärgern schien, war die Tatsache, daß ich den Rahmen geputzt hatte.«

»Interessant, sehr interessant«, meinte Bill Cromwell. »Hat er Ihnen auch verboten, die anderen Bilder zu berühren?«

»Nein, Sir, nur das hier. Ich war wie vor den Kopf geschlagen. Er hat sich aufgeführt wie ein Wilder.«

»Das stimmt, Sir«, sagte Broome. »Jetzt erinnere ich mich. Meine Frau war damals kaum zu beruhigen. Ich hörte Seine Lordschaft schreien und lief die Treppe hinauf. Seine Lordschaft war gerade dabei, das Bild eigenhändig wieder an die Wand zu hängen. Ich durfte es nicht anrühren.«

Cromwell ging zu dem Gemälde hinüber und sah es nachdenklich an.

»Merkwürdig«, sagte er. »Etwas Ähnliches hatte ich erwartet. Ich wollte Sie schon nach diesem Bild fragen, Mrs. Broome.«

»Warum?« fragte Heather.

»Weil das kein Original ist, sondern eine Kopie.«

»Eine Kopie?« rief Alan.

»Bestenfalls dreißig oder vierzig Pfund wert«, meinte Cromwell. »Das sagen jedenfalls die Fachleute. Ich habe vor ein paar Tagen die Bilder prüfen lassen. Es gibt ein paar wirklich gute Gemälde hier im Haus, und alle sind echt. Nur dieser angebliche Rubens nicht.«

»Warum hat sich dann Lord Cloverne so aufgeregt, als Mrs. Broome das wertlose Bild reinigte?«

»Eben. Warum? Deswegen sind wir ja heute hier. Ich war neugierig, weil ich wußte, daß dieses Bild eine Kopie ist. Mrs. Broomes kleine Geschichte beweist jedenfalls, daß wir auf der richtigen Spur sind. Johnny, nimm das Bild ab.«

Johnny Lister nahm mit Alan Crossleys Hilfe das Bild von der Wand. Sie trugen es zu einem großen Tisch in der Mitte der Halle und legten es hin. Cromwell beugte sich darüber. »Ich bin kein Fachmann«, knurrte er. »Für mich könnte das ebensogut das Original sein. Jedenfalls ist die Kopie auch schon alt.«

Er drehte das Bild um. Auf der Rückseite war der Rahmen mit uraltem braunem Papier beklebt. Cromwell holte ein Taschenmesser heraus, schlitzte das Papier auf und riß es herunter, bis die Leinwand freilag. Die anderen sahen ihm atemlos zu.

»Hm!« brummte der Chefinspektor.

Er schien enttäuscht zu ein. Die Entfernung des Papiers hatte nichts Bedeutsames zutage gefördert, nur die alte Leinwand und die Holzrückseite des Rahmens. Der Rahmen war dick und schwer und an der Rückseite zehn Zentimeter breit. Das alte Holz war von Würmern zerfressen.

»Moment mal!« sagte Cromwell scharf.

Er hatte etwas entdeckt: Eine beinahe unsichtbare Linie in der Mitte des Rahmens, und als Ironsides mit seinem Taschenmesser daran kratzte, stellte sich heraus, daß eine Vertiefung mit Gips ausgefüllt und dann übermalt worden war. Die Farbe, genau von der Tönung des Holzes, blätterte an manchen Stellen ab.

»Ich brauche einen Schraubenzieher oder ein Stemmeisen«, sagte der Chefinspektor. »Halten Sie die Daumen, Miss Blair.«

Broome eilte davon und kam kurze Zeit später mit einem Stemmeisen zurück. Cromwell setzte es an und brach Gipsstücke heraus. Darunter zeigte sich wieder Gips. Er scharrte und kratzte weiter, und plötzlich murmelte er etwas vor sich hin und richtete sich auf. Die andern drängen näher heran. Heather schrie auf.

»Brillanten!«

»Genau, Miss Blair«, sagte Cromwell befriedigt. »Das ist offensichtlich ein Teil eines Brillantkolliers, das man hier eingegipst hat.«

»Die Erbstücke!«

Es gab keinen Zweifel. Beinahe eine Stunde später, nachdem Cromwell, Johnny und Alan abwechselnd das Werkzeug gehandhabt hatten, war die um den ganzen Rahmen verlaufende Vertiefung von den Gipsresten befreit, und die Cloverne-Erbstücke lagen auf dem Tisch.

Ein großartiges Brillantkollier, ein Smaragdarmband und mehrere Rubine. Alle sprachen durcheinander, und sogar die Broomes freuten sich über Heather Blairs Glück.

»Herzlichen Glückwunsch«, sagte Bill Cromwell mit einem seltsamen Lächeln. »Hier haben Sie Ihr Erbteil.«

Heather, die sich vor Freude kaum zu fassen wußte, überraschte den Chefinspektor; sie lief auf ihn zu und küßte ihn voll auf den Mund.

»Du meine Güte!« sagte Ironsides und wurde rot.

ENDE